天災少年はやらかしたくありません！

Tensai syounen ha yarakashitaku arimasen!

3

もるもる Morumoru　イラスト ふらすこ

主な登場人物
Characters
エストリア
負けず嫌いな名家の令嬢。
アルのことが
気になるようで……
オスロー
アルの親友でパン屋の息子。
料理が得意な
ムードメーカー。
アルカード
冒険者を目指す前向きな少年。
自分の中に3つの
魂魄を宿している。
通称アル。
グラン
アルの従魔。
毛がふわふわな
跳び《ラニー》ネズミ。
翠
幼翠竜《リトルエメラルドドラゴン》が化身した少女。
戦闘力が高く、
食いしん坊。

ウォルト
カイゼルを護衛する
騎士家の子息。
真面目で武芸に
優れている。
カイゼル
クラスの頼れるまとめ役。
しがない貴族を
自称するが……
イーリス
独特の訛りで話す交易商の娘。
儲け話に敏感で
人脈が豊富。
キーナ
実家が有名出版社の
内気な少女。
アルに次ぐ
魔法の使い手。

第01話　2学期の準備

僕――アルカード・ヴァルトシュタイン――は、アインツ総合学園統合学科の1年生。その初めての夏休みは、伝説の生き物やら猛獣やらと遭遇してばかりの、トラブル尽くしの日々となっていた。

実家に帰省すれば多頭毒蛇《ヒュドラ》に遭遇し、友達と旅行すれば灼熱飛竜《フレアワイバーン》や魔蟲将《インセクトジェネラル》と戦う羽目に……。

特に魔蟲将《インセクトジェネラル》は魔法も物理攻撃も効きづらい相手で、退《しりぞ》けるのに苦労した。

1学期中も事件ばかりだったけど、何だかだんだん危険度が上がっているような気がする。

もちろん楽しいこともあったんだけどね。

そんな様々な事件を切り抜けた僕は、7人のクラスメイトと共に、リアー――エストリア・フォン・ヒルデガルド――の実家から、行きと同様に5日間かけてアインツ総合学園に帰ってきていた。

盛り沢山《だくさん》の夏休みだったこともあり、日程はかなり押していて、学園に着いたのは2学期が始まる3日前の夕方だった。

僕たちは学園の入り口の前で、馬車から荷物を降ろし、御者さんにお礼を言って見送ると荷物を持って学園寮へと向かう。

「皆さま、お帰りなさいませ。良い休みを満喫《まんきつ》されたようですね」

学園寮に戻った僕たちを寮母《りょうぼ》のグレイスさんが、いつも通り丁寧に迎え入れてくれる。

「夕食はお済みでしょうか？」

「時間が微妙なのでまだ摂っていなくてね」

「簡単なもので良ければ用意できますが？」

「それは助かるよ。長旅で疲れていて、荷物を置いてからまた町に繰り出すのはおっくうだったからね。みんなも良いかい？」

グレイスさんの気遣いにまとめ役のカイゼルが答えつつ、みんなに目を配る。みんなは馬車に座っていたとはいえ、かなり疲労していたらしく、グレイスさんの気遣いを受け入れる。

「じゃあ、お願いできるかな？」

「畏《かしこ》まりました。では、先にお風呂《ふろ》にお入りください……と言いたいところですが、皆さまがいつ帰ってくるか分からなかったので用意しきれていませんでした」

グレイスさんが申し訳なさそうに言う。

「だったら、僕が用意するよ」

「わ、私も、て、手伝います」

僕が手を上げると、少し遅れて魔法に熱心なキーナも手を上げる。お風呂のお湯だけだったら水魔法と火魔法で用意できるからね。

「着いたのかー？」

「えぇ、翠《スイ》ちゃん。学園寮よ」

リアに背負われていた、実は竜《ドラゴン》の少女である翠が、目をゴシゴシ擦りながら、まだ眠たそうな声で聞く。背負っていたリアが答えながら腰を屈めると、翠は自分の足で立つ。まだ眠いのか、半開きの目のままトコトコとロビーのソファーに向かうとコテンと横になってしまう。

「では、お願いしてもよろしいでしょうか？　私は夕食の準備をさせて頂きます」

「うん。任せておいて」

目を細めながら翠の行動を見守っていたグレイスさんが、僕に視線を合わせて後を託《たく》す。

「アル、キーナ、任せちゃってごめんなさい」

「アルはん、キーナはん、しんどいのにありがとなぁ」

「ううん、大丈夫だよ。オスロー、悪いけど僕の荷物とグランをよろしく」

「おう、任された」

翠から解放されたリアが商家の娘であるイーリスと一緒に、申し訳なさそうに声を掛けてくる。

僕は笑顔で返し、肩に僕の従魔であるグランを乗せたオスローに荷物を頼む。

「翠の分を部屋の入り口までいいか？」

「あ、えぇ。ありがとうウォルト君」

リアと翠の荷物を運んでいた、カイゼルを護衛する騎士家の子息・ウォルトが、リアの荷物だけを床に降ろしながら聞く。リアは頷《うなず》くと歩み寄り、その荷物を受け取る。カイゼルもキーナの荷物を受け取るとイーリスと一緒に階段を上がっていく。

僕はみんなが自室に戻るのを見ながら、キーナと共に浴室に向かう。

「Execute(ElementBlast(Water,Ball,0,t,4m*4m))」

浴室に入った僕は浴槽《よくそう》の位置を確認すると、最低の威力かつ、大きさを４ｍ《メートル》×４ｍ《メートル》に拡張した〈水球《ウォーターボール》〉の算術魔法式を展開する。

通常魔法の〈水球《ウォーターボール》〉だと、威力の調整が難しく浴槽を傷《いた》めてしまう可能性があるので、威力や大きさを細かく指定できる算術魔法式を使用したのだ。

僕の魔法1発で浴槽に十分な量の水が張られる。そんな僕の魔法式を興味深げに見ていたキーナは、僕の魔法が終わるのを確認してから、自分の魔法を発動させる。

「〈炎よ《Fire》　彼の場所に《Target》　灯れ《Creation》　炎の礫《ファイアボルト》〉」

本来撃て《Shoot》のところを、わざと灯れ《Creation》に変えて発動させた〈炎の礫《ファイアボルト》〉は、フラフラと浴槽に向かって飛んでいく。浴槽に落ちたヘロヘロの〈炎の礫《ファイアボルト》〉は、それでも浴槽の水の温度を一気に上げて、水蒸気を立ち上らせる。わざと文節《ワード》を間違えることで、威力を減衰《げんすい》させたようだ。

僕はキーナの工夫に感心しながら浴槽に近付くと、ゆっくりと水の中に手を入れて温度を確かめる。

「まだ、ちょっと温《ぬる》いかな……」

「じゃ、じゃあ、もう1回」

キーナが同じ魔法を再度使い、少し熱いかなと思う程度まで温度を上げることができた。これで準備万全だ。

浴室から出てロビーに戻ると、荷物を部屋に置いたみんながソファーで寛《くつろ》いでいた。

「準備はできたかな？」

「うん。少し熱いかもしれないけど」

「ふむ。それでは、女性たちから汗を流してくれたまえ」

僕とキーナが浴室から出てくるのを確認したカイゼルが、レディーファーストと女性たちを促す。

「すんまへんなぁ。お先に頂くで」

「す、すみません」

「悪いわね……翠ちゃん、お風呂入ろう？」

イーリスとキーナはすぐに浴室に向かうが、リアはロビーのソファーをまだ豪快に占有している翠に声を掛ける。

「んー？　ご飯かー？」

「ううん。まずはお風呂よ」

「うぅ……面倒臭《くさ》いのだ……眠たいのだ……」

「そんなこと言わずに。お風呂入らないとご飯食べられないわよ」

「むぅ……ご飯なしは嫌なのだ……」

リアがご飯を餌《えさ》にすると、ごねながら翠が起き上がる。そしてリアは手を繋《つな》いで浴室に向かう。

「エストリアは翠の扱いが上手いよな」

「うん。小さい弟がいるから慣れているんだろうね」

「まぁ、翠は餌が分かりやすいけどな。飯《めし》と戦闘だから」

「あははは。確かに」

浴室に向かうリアと翠を、感心しながらオスローが見ている。

「女性の風呂は少し時間が掛かるだろう。2学期のことなどを話しながら待つとしようか」

「そうだな」

女性陣が浴室に入っていくのを確認したカイゼルが空いたソファーに座り、僕たちに声を掛ける。

そして僕とオスロー、ウォルトも続けてソファーに腰を落ち着けると、風呂が空くまでの間、2学期のイベントや履修範囲《カリキュラム》の確認などを行《おこな》うのだった。

僕たちも風呂を済ませて食堂に向かうと、グレイスさんが簡単なものですがと、夕食を用意してくれていた。今日のこのタイミングで帰ってくると連絡を入れていないので、本来なら用意できないはずだったんだけど、日持ちする材料を仕入れておいてくれたらしく、それらを使った料理が出てきた。

芋《いも》や根菜と塩漬《しおづ》け肉を煮込んだスープがメインで、主食は乾燥《かんそう》させたパンだ。そのままだと硬くて食べにくいので、スープに浸《ひた》して柔らかくしながら食べる。

食事を済ませた僕たちはそれぞれの部屋に戻る。風呂の前にオスローと共に部屋に戻ったグランは、食事も取らずにすぐさま寝床に潜《もぐ》っていったようで、久しぶりの安心できる寝床のせいか、ひっくり返ってお腹をポリポリ掻《か》きながら寝ていた。いったい野性はどこに行ったのだろうか……？

そんなグランを横目で見ながら僕は荷物を開いて、服や小物などをチェストやクローゼットに戻していく。オスローは面倒臭そうな顔をしながら雑に戻していくと、さっさと布団に入って寝てしまった。

今できる範囲で荷物を整理し終えた僕はベッドに潜り込むと、今後の履修範囲《カリキュラム》のことなどを考える。

アインツ総合学園では、今年、初の試みとして武術と魔術と経営の3つの学科を合わせた、統合学科というクラスを用意した。僕たち8人はその統合学科に入ることにしたのだが、学ぶ範囲が多岐《たき》にわたっており大変だ。

1学期は貴族に邪魔されたり、絡《から》まれたりしてのトラブルがありながらも、何とか試験に合格することができたが、2学期も知識や経験を毎日積み上げつつ、問題を起こさないように振る舞いにも気を付けていく必要があるだろう。

そんなことを考えている内に眠気が襲ってきて、僕は眠りの中に落ちていくのだった。

†

『しかし、あの旅行先で出てきた蟲人間《むしにんげん》——魔蟲将《インセクトジェネラル》——には、中々に苦戦したな』

『うむ。精霊銀鉱《エレメンティウム》の武器は魔蟲《まちゅう》や魔獣相手には有効じゃったが、魔蟲将《インセクトジェネラル》相手になると決め手に欠けていたように感じたのぅ』

ここは僕が眠りに落ちた時にだけ行ける世界で、前世の魂とも呼ばれる魂魄《こんぱく》との対話ができる不思議な空間だ。

ここには、見事に鍛え抜かれた筋肉を持つ鬼人族《きじんぞく》と、思慮深い眼《まなこ》をして落ち着いた雰囲気の龍族、そして眼鏡《めがね》を掛けた神経質そうな人族の３人が過ごしている。

普通の人は１つしか持っていない魂魄だが、僕の場合、何故か３つも持っている上に意思疎通《コミュニケーション》まで可能な、規格外の魂魄たちになっている。

『となると、もう少し高度な訓練施設と、採取施設、併《あわ》せて鍛冶《かじ》施設の強化が必要でしょうね』

『魔蟲将《インセクトジェネラル》とやらと戦うための武術なら俺が教えてやれるな』

『儂《わし》の知る上級魔術も必要となるじゃろう』

そんな３人の魂魄たち――眼鏡さん、筋肉さん、龍爺さんが協力を申し出てくれる。

『とはいっても……眼鏡《コイツ》の暴走が気になるんだがな』

『じゃのう……』

『私の進め方は完璧ですが？』

他の２人は眼鏡さんを見ながら怪訝《けげん》な表情を浮かべるが、その視線を向けられている本人は、眼鏡のブリッジを押し上げながら自信満々に言い返す。

『大規模な改修になりますし、細かいところも対応できるように、まずは施設を管理する魔導人形《ゴーレム》から製造した方が良さそうです』

『ゴーレム？　土塊《つちくれ》のあれに、そんなに高度なことができたかのぅ？』

『いえ、鋼鉄《こうてつ》と機械で作られた機械人間《アンドロイド》に近いものです。この世界ですと動力が魔力になるため魔導人形《ゴーレム》と呼んだ方がしっくりくるので、そう呼びました』

『なるほどのぅ。どっちみち自律行動させるには、相当の工夫が必要じゃろう』

『そこは、結界《けっかい》や施設のコアを作った知見を生かして積層型魔法陣《ラミネイテッドマジックサークル》で回路図を焼き付けて……』

『なるほど、基本的な姿勢制御《せいぎょ》や稼働制御は魔導人形《ゴーレム》生成の際に組み込まれているから、行動制御や思考制御を後付けで拡張するということじゃな……』

眼鏡さんの言う魔導人形《ゴーレム》に興味を示した龍爺さんが、眼鏡さんと一緒に具体的な製作方法を考え始める。

『また、とんでもないことになりそうな話をしてやがるな……』

「うん。あまり変なもの作るとカイゼルに怒られちゃうんだけどなぁ……」

嬉々《きき》として話す2人を見ながら心配そうな口調の筋肉さんに、僕は同意する。

『まずは鉱石保管庫から大きめの魔晶石《ましょうせき》を選んでコアを作るのが良いでしょう』

『人型サイズだと、魔晶石の大きさにも制約があるじゃろう？』

『あぁ、そうですね。今の術式だと校舎くらいの大きさの魔導人形《ゴーレム》になりそうです』

『では魔法式の改良からかのぅ……とてつもない情報量が必要じゃから、それを圧縮する方法と魔法陣の微細化が必要じゃの』

『そういえば試したいことがありまして……魔法陣の線そのものに魔法式を埋め込むというのは？』

『文様《もんよう》で意味をなしている部分を術式にする……文様として認識されれば可能かもしれんが……かなり微細な線で描かんと不可能じゃ』

『多分㎚《ナノメートル》くらい微細化すれば可能だと思うんですよね』

『㎚《ナノメートル》？』

『おおよそ髪の毛の太さの約10万分の1の細さです。私の世界で作られていた回路の中では、わりと大きめのサイズです』

『目では見えなそうじゃのぅ』

『線があることすら視認できないレベルですからね。魔法式を圧縮してから、微細化させましょう』

もう何を言っているのか分からないけど、とんでもないことを言っていることだけは分かる。

『とりあえず、坊主《ぼうず》はゆっくり休め。また大変なことになりそうだからな』

「うん。そうさせてもらうよ」

白熱している眼鏡さんと龍爺さんを置いて、僕の意識はまどろみの中へと落ちていくのだった。

「こういうのも久しぶりだな」

「うん。久しぶりな気持ちになるよ」

翌日の朝、オスローと共に久しぶりに寮の裏庭で朝練を行う。夏休みも基本的には朝練を行っていたが、やはりホームグラウンドともいえる寮で行う朝練は、ルーティーンに沿《そ》っていて安心感がある。

学園に入った当初のオスローは僕の訓練についてこられていなかったけど、1学期と夏休みを通じて、僕と同じ朝練内容をこなせるようになった。模擬戦では身体の大きさと武器のリーチも相まって、筋肉さんに鍛えられてきた僕でも苦戦することが多くなってきたくらいだ。

「さてと身体も温まってきたことだし……やるか？　そろそろ1本取れそうな気がするんだよな」

「まだ、負けないよ」

「抜かせ」

そう言うとオスローが斧槍《ハルバード》を肩に担《かつ》いで腰を落とす。オスローの構えを見て、僕も左足を前に出し、左半身構えを取る。

「行くぜ！」

「応！」

気合を入れたオスローが斧槍《ハルバード》を振り降ろし、僕はそれを受け流すように、踏み込んで左手の小手《ガントレット》で斧槍《ハルバード》の軌道を逸らす。

†

「あー！　また負けた!!」

地面で大の字になったオスローが悔しそうに大声を上げる。

「でも、凄く良くなったよ。何度もヒヤヒヤしたもん。１年生の中だったらトップクラスで強いと思うけど」

「でも１本くらいは取れねぇと……あいつらに勝てねぇし、最前線のオレが足を引っ張っちまう」

「あいつらって、魔蟲将《インセクトジェネラル》？」

「あぁ、あいつとやり合っていたアルに勝てるくらいじゃねぇと、足手まといにしかならねぇよ」

オスローの話は尤《もっと》もだ。国の騎士団にお任せして知らない振りを決め込みたいところだけど、災《わざわ》いはいつどこで、こっちの身に襲ってくるか分かったものじゃない。

実際、実家の近くの森でも生物を凶暴化させる危険な石――魔黒石《まこくせき》を取り込んだ多頭毒蛇《ヒュドラ》がいたくらいだ。準備をしておく必要があるだろう。

となると、無茶苦茶になること請け合いだけど、眼鏡さんの考えている訓練施設を用意する必要があるだろう。

寮に戻って汗を流してから部屋に戻ると、のんびりと朝寝坊していたグランが僕にすり寄ってくる。

朝食まではまだ時間があったので、グランの毛を梳《す》きながら待つ。毛が絡んでダマになっている場所もあり、無理に力を入れると嫌がるので、そっと丁寧に毛玉を解《ほぐ》すように梳いてあげる。

あらかた不要な毛を梳き取ったら、丁度朝食の時間になったので、グランを連れてオスローと一緒に食堂に向かうことにする。

「おはようなのだーっ！」

「おはよう」

「おはようさん」

「お、おはようございい、ます」

階段で、上の階から降りてくる女の子たちと合流する。翠、リア、イーリス、キーナ共に元気なようだ。

「おぉ、アル君は今日も魅力的だね」

「はぁ……アルカード、オスローもおはよう」

既にカイゼルとウォルトは食堂で席に着いており、カイゼルは僕と目が合うと立ち上がって大《おお》仰《ぎょう》なポーズと共に挨拶《あいさつ》をしてくる。

そういう挨拶は、平民の男である僕じゃなくて、貴族のご令嬢《れいじょう》とかにすると良いと思う。

そして隣のウォルトはまたか……といわんばかりの呆れた表情を浮かべている。

「そっちも疲れは残っていないようだね」

「あぁ。旅の疲れも昨日一晩ぐっすり寝て、すっきりしてるのさ。今は残った夏休みをどう有意義に使おうか考えているところさ」

「基本的には2学期の授業の予習をするべきなんだろうが……夏休みに遭遇した敵。あんなのが他にもいる可能性があるなら、訓練を行って腕を磨《みが》く必要があるだろう」

僕が挨拶を返すと、カイゼルとウォルトから今後2日間の過ごし方について聞かされる。

「わ、私は、あ、新しい魔法を、覚えたいです！」

訓練と聞いて、普段は引っ込み思案《じあん》なキーナが手を上げて主張する。

「魔法か……訓練施設はちょっと色々弄《いじ》ろうと思っているから……」

「ん？　アル君。また何か人に言えなさそうなことを考えているね」

キーナの発言に僕が口ごもると、それを聞き逃さなかったカイゼルの目がキラリと光る。眼鏡さんのせいで、友人の間では僕は〝やらかしまくり〟扱いとなっていた。

「あ、えぇ……ちょっと訓練施設の地下に鍛冶場を作りまして……」

「鍛冶場？　そういえば夏休みに使った武具。あれの出所《でどころ》を聞いていなかったね」

「あ……」

僕が藪《やぶ》をつついてしまったと自覚した時にはもう遅い。

「「さぁ、説明してもらおうか（もらいましょうか）？」」

僕の失言にいち早く反応したカイゼルとリアが、蛙《かえる》に対する蛇《へび》の如《ごと》く、2人揃って僕を追い詰めてくる。

「え、えっと……」

「それは聞くとして、まずは朝食にしよか？　グレイスさんが怒ってまうで？」

オロオロしている僕と詰め寄る2人をイーリスが止める。慌ててグレイスさんを見た2人は、さささっと自分の席に着く。

それで逃げられるわけもなく、朝食を終えた僕たちはロビーの談話スペースに集合していた。

「じゃあ話してもらおうか」

「情報共有は大事よね」

「あ……うん。実は……」

僕は精霊銀鉱《エレメンティウム》を、とある知り合いから譲《ゆず》ってもらって、それを使って武器を鋳造《ちゅうぞう》したことを伝える。ゾッドさんの鍛冶屋を利用させてもらったことは以前伝えていたので、それ以降のことをみんなの顔色を窺《うかが》いながら伝えた。

「あんたって、本当に目を離すと碌《ろく》なことしないわよね」

「全《まった》くだ……しかも精霊銀鉱《エレメンティウム》を加工できる施設を簡単に作るなんて」

「あはははは。流石はアルはん！　おもろいことをやらかしよるなぁ！　一緒におってホンマ飽《あ》きひんなあ！」

常識人のリアとカイゼルは唖然《あぜん》と溜息を吐き、イーリスは腹を抱えて笑っている。キーナは興味津々《しんしん》に青色黄玉《ブルートパーズ》色の瞳を輝《かがや》かせている。

「つーかさ。ここで聞くより実際見た方が早いんじゃね？」

「だな。まず現場を見てみないことには」

「あそこはつまんないのだ……」

「キューィキュ（同意である）」

あまり深く考えないオスローが笑顔で言うと、それにウォルトが乗っかり、結局みんなで地下施設に向かうことになってしまった。既に施設を見て回って、楽しいものではないことを知っていた翠だけはがっくりと肩を落としていたけど。

みんなは魔法訓練施設に作られた階段に唖然とし、つるつるに磨き上げられたかのような金属の壁《かべ》に驚嘆《きょうたん》し、その隙間から漏れる明かりに照らされる施設の大きさに絶句する。高く積み上げられた大量の貴金属に呆然とし、その隣の鍛冶場を見せて説明した時には、口から魂が出ているような状況だった。

「ロ……失われた技術《ロストテクノロジー》の地下遺跡《いせき》か何かか、ここは！　それだったらどんなに良かったことか！

でもこれは君が作ったんだよね!?　アル君!!」

「あ、はい……」

「もう1施設作れといったら？」

「多分、多少の時間をもらえれば作れます」

「がぁぁぁぁぁぁ！」

カイゼルは、青みを帯びた綺麗《きれい》な銀髪《アイスシルバー》を手でクシャクシャにしながら絶叫する。

「こんな施設が……こんな施設が量産できる……」

「ま、まぁ……アルだし、諦《あきら》めましょうカイゼル」

「諦め……諦められるかぁっ！　国レベルの問題だぞ！　私には私の責務が！　こんな力、悪意のある者たちに知られたら」

「カイゼル」

リアがフォローしようとするも、カイゼルは理性が吹っ飛んだのか声を荒らげてしまう。そこに冷めたウォルトの一言が飛んだ。

「カイゼル、それ以上は駄目だ」

「あ、あぁ……そうだな。すまなかった、みんな。今のは聞かなかったことにしてくれ」

ウォルトの声で我に返るカイゼル。

いつも飄々《ひょうひょう》としていて理知的に対応しているカイゼルの変貌《へんぼう》っぷりに、周りのクラスメイトは絶句している。

「それで……あの魔蟲将《インセクトジェネラル》という敵に対抗するために、もう少し施設を強化する必要があって……」

そんな中、僕は恐る恐る様子を窺うように次の爆弾を投下する。

「駄目だ。と言いたいところだが、止めたとしても他の予想外の方法をとられても困るし、魔蟲将《インセクトジェネラル》の脅威《きょうい》を排除する方法は私には思いつかないからね。アル君のやらかしはこの施設のみと限定し、この施設を他者の目に触れないようにすることで秘密を守るのが、最善になるだろうな……」

「魔蟲将《インセクトジェネラル》みたいな敵がゴロゴロいたら世界の終わりだと思うけどね」

カイゼルが顎《あご》に手を当てながら呟《つぶや》き、リアが冗談めかして言う。

「ウォルト、どうだ?」

カイゼルはウォルトに視線を向ける。

「強すぎる力には責任が伴《ともな》う。責任を負えないのであれば強い力を持つべきではない——というのが、俺の信念だ。だからアルカードの心持ち、覚悟が気になっている。とはいえ、皆が言うように魔蟲将《インセクトジェネラル》のような敵に襲われた時、自衛できない弱さは致命的だ。諸手《もろて》を挙げて賛成はできないが、魔蟲将《インセクトジェネラル》を相手取るための手段を得るレベルまでの限定的な拡張は必要だ……と俺は考えている」

「私もその意見だ。本来ならもっと権限と責任を持つ者に決めてもらいたいところだが、それもそれで政治的、軍事的な絡みが大きくなって問題になりそうだ。まずはアル君、君の気持ちが知りたい」

「僕は……みんなに無事でいてもらいたいだけです。この力を使って悪いことをする気はありません」

「それはそうなんだろう。今までの行動を見ていても、私利私欲で使っているようには見えないからね」

「でも、危ういな……実際夏休みにエストリアが危機に陥《おちい》った時に、激情を抑えきれず、敵を殺しかけたことからも分かる。もしもクラスメイトや家族など大事な人を盾《たて》にして脅《おど》されたら、屈してしまう弱さだ。とはいえ、それに屈しない意思を持てというのは、現時点では無茶な話だろう。とりあえず、俺たち以外への口外と部外者の立ち入りを禁止し、情報の漏洩《ろうえい》を防ぐ……といったところか。できるか？　アルカード」

ウォルトとカイゼルが話し合い、対応方法を模索する。立ち入り禁止の件については、階段の下に入館用の扉を設置すれば可能ではないかと、僕の中の眼鏡さんも言ってくれたので、僕はウォルトの言葉に頷く。

「ではアル君、良識の範囲内でほどほどの対応で……ってあまり期待できないかな、これは」

「あ、うん。注意しながらやってみる」

カイゼルから許可を得た僕は頷く。

「じゃあ、しばらくは工事で訓練施設も使えないのか、できても素振りと模擬戦くらいか」

「模擬戦か!?　翠はオスローとやってみたいのだ！」

「オレはアルじゃねぇから、相手にならないと思うぞ？」

「アルと一緒に練習してオスローも相当強くなっているのを感じるのだ！　1回戦ってみるのだ！」

「確かに、アルとの組み手ではかなりやるようになってたわね。私も負けてられないから、一緒させてもらいたいわ」

「おう、一緒にやろうぜ」

オスローと翠、リアは近接戦闘の模擬戦で訓練するようだ。

「訓練施設が使えないなら……わ、私は、どう、しようかな……」

「あ、キーナは鋼の延べ棒《スチールインゴット》加工をしてくれると助かる。ゾッドさんから毎月納品して欲しいって頼まれてるんだ。魔法の訓練にもなるし」

「い、いいの？　な、なら、やりたい、です」

「なんや、鋼の延べ棒加工《スチールインゴット》って金の匂《にお》いがプンプンしとるやないか。ウチはそっちを手伝わせてもらうわ」

キーナとイーリスは鋼の延べ棒加工《スチールインゴット》をしてくれるようだ。これでゾッドさんから依頼されている作業は安心できる。

「俺らは情報収集だな。旅行中のことや、あそこの動きも気になるし」

「そうだね。そういったことは私たちの役割だろう」

ウォルトとカイゼルの方針も決まり、僕たちは地下施設から出る。メンバーは各々《おのおの》決めた行動のために早速移動し、残ったキーナとイーリスに僕は、魔法の訓練施設にて〈供給酸素《サプライオキシゲン》〉の魔法を教えるのだった。

〈供給酸素《サプライオキシゲン》〉は、見た目には何も変化のない地味な魔法だ。そしてこの世界では解明されていない酸素《さんそ》という元素を使うことを２人に伝えようとしたのだが、どうにもこうにも上手くいかない。

僕は炎を灯した蝋燭《ろうそく》を使い、蝋燭を密閉すると火が消える現象と、〈供給酸素《サプライオキシゲン》〉の魔法を使うと炎の勢いが強くなるのを見せることで、空気中の酸素が炎の燃焼を補助する効果を理解してもらおうとする。

目の前で見せたことにより、２人は〈供給酸素《サプライオキシゲン》〉の魔法で蝋燭の炎の勢いを増すことができるようになるのだった。


昼過ぎに3人で寮に戻り、遅めの昼食を食べた後、ゾッドさんの工房に向かう。

工房の店員さんに許可をもらい裏手に回ると、共有の鍛冶場でゾッドさんが弟子《でし》に指導をしていた。


「おう！　来たか」

「こんにちは。今日は僕のクラスメイトを連れてきました。鋼の延べ棒《スチールインゴット》加工をできればと」

「おぉ？　この嬢《じょう》ちゃんたちがか？」

「はい。とても優秀な仲間たちです」

僕がゾッドさんの元に近付くと、気が付いたゾッドさんが手を上げながら挨拶してくる。僕が仲間を紹介すると少し眉をひそめたが、僕は笑みを浮かべて太鼓判《たいこばん》を押す。

「少し練習させてもらえればできるようになると思うので、鍛冶場を貸してもらえますか？」

「おぅ、いいぜ。破壊しなきゃな」

「し、しませんよ」

「信じられねぇが、まぁいい。建て直したあそこを使え」

ゾッドさんは、以前僕が破壊した建屋の跡地にある、新しい建屋を指さす。

「ありがとうございます」

僕はお礼を言うと、新しくなった鍛冶場を借りることにする。

「アルはん……ここでもやらかしたんか？」

「え、い、いや……その……」

建屋に入ると、イーリスが良いネタを見つけたとばかりに、好奇心たっぷりの琥珀《アンバー》色の瞳を輝かせる。

「ちょ、ちょっと……手違いで建屋を1つ壊しちゃっただけ……だよ」

「ちょっとした手違いで建屋を破壊ねぇ……どうやったらそんなことができるんか、ホンマ謎《なぞ》やわ」

「ア、アル君、ですから」

「まぁ、そうやな。アルはんやからな」

ワタワタしている僕をニヤニヤと眺めながらも納得するイーリス。

「じゃ、じゃあやってみようか。まず僕がやってみせるのでよく見てて」

僕は新しい鍛冶場の炉に〈加熱炉《フォージ》〉の魔法で火を入れて、鉄鉱石を放り込み銑鉄《せんてつ》を作る。炉の温度は1000℃を超えているため、室温も相当なものだ。僕は自分と2人に〈炎熱耐性向上《ヒートレジストレイション》〉を掛けて暑さに耐えられるようにする。

「手伝う時はこの銑鉄が出来上がってからだと思うので、ここまでの工程は特に覚えておかなくてもいいはずだよ」

僕はドロドロになった鉄鉱石の塊である銑鉄を掻き出しながら説明し、それを冷ましていくと、黒い金属塊《かい》が出来上がる。

「次にこの銑鉄を石灰《せっかい》と一緒に熱していく時に、〈供給酸素《サプライオキシゲン》〉の魔法が必要になるんだ」

一旦鉄鉱石を全て掻き出した炉に、冷めた黒い金属塊を入れて再び加熱していく。高熱に曝《さら》された銑鉄は赤熱していく。

「そろそろかな。〈大気よ《The Air》　炎《Fire》を補助する《Assist》糧《Fuel》となれ！　供給酸素《サプライオキシゲン》！〉」

僕は手を銑鉄に向けて魔法を発動する。赤熱していた銑鉄が一気に白熱化し、強烈な光を発する。

「な、なんやっ！」

「ま、眩《まぶ》しい、です！」

直視してしまった2人はあまりの眩しさに目が眩《くら》んでしまったようだ。しまった、最初に言っておくべきだった。

「全く、酷い目に遭ったで、アルはん。こりゃ、アルはんにはお詫《わ》びしてもらわんと」

「あ、いや。ごめんなさい……」

「あははは。冗談や冗談。しっかし、えっぐいわ、これ。なんやこの純度」

「み、磨き上げられた鏡みたいで、す、凄く綺麗です」

豪快に笑った後、出来上がった鋼の延べ棒《スチールインゴット》を見たイーリスの目が真剣味を帯びる。キーナは頬を紅潮《こうちょう》させて、興奮しながら完成品を見つめている。

「じゃ、じゃあやってみようか」

「は、はいっ！」

「やろか」

その後は、僕の実演でイメージを補完させながら、銑鉄に、２人は何度も何度も〈供給酸素《サプライオキシゲン》〉の魔法を発動させていった。

日が暮れる頃には、何とか期待通りの純度の鋼の延べ棒《スチールインゴット》を作れるようになったのだった。

これで、僕以外でも鋼の延べ棒《スチールインゴット》を供給できるようになったので、ゾッドさんの依頼も簡単にこなせるようになるだろう。

僕の作製した分の鋼の延べ棒《スチールインゴット》への報酬《ほうしゅう》で、クラスメイトへのお土産《みやげ》も含めて屋台で軽食や飲み物を買う。実際に作業して疲れ果てた２人とは、少し行儀が悪いけど食べながら帰った。

体力も魔力も相当消費したので、軽食を摂ったとしても夕飯には影響がないだろうからね。

第02話　素材加工

寮に戻り、風呂や夕飯を済ませて自室に戻ると、日中ほったらかしにされていたグランが、飛び跳ねながら僕に寄ってくる。

「ほうっておいて、ごめんね」

「キュキューキュキュィ（気にしなくて良いのである）」

僕は椅子に腰かけると、指でグランの背を梳いてあげたり、手や足や口の届かないところを掻いてあげたりする。そのふわふわで軽く柔らかい毛のせいで乱獲されていた跳びネズミ《ラニー》は、触っていて心地よい。

掻かれているグランも気持ち良い様子で、目を細めてこちらに身を委《ゆだ》ねている。

「そっちは上手くいったのか？」

グランを撫《な》でている僕にオスローが話しかけてくる。

「あ、うん。２人とも高品質な鋼の延べ棒《スチールインゴット》を作れるようになってくれたよ」

「そうか、そういやそれ、結構実入りがいいんだっけか？」

「うん。求められている高品質の鋼《はがね》は、普通の製錬方法だと鉄１kg《キログラム》あたり50ｇ《グラム》しか取れないんだけど、〈供給酸素《サプライオキシゲン》〉を使った方法だと１kg《キログラム》全部が高品質の鋼になるから、成果としては20倍あるって言ってたよ。だから金貨10枚払っても惜しくないってさ」

「金貨10枚だって⁉」

こっちの成果を話したところ、収入のところでひどく驚かれる。

「お前、金貨10枚って言ったら、うちのパン屋1ヶ月分以上の売り上げじゃねぇか！　それを何本納品するんだ？」

「えっと……確か24㎏《キログラム》って言ってたから24本？」

「う、うちの稼ぎの2年分以上を1ヶ月で……」

オスローがガクっと項垂《うなだ》れる。そして、数秒の間を置くとガバっと顔を上げ、僕の肩を掴んでくる。

「オレにも教えてくれ‼」

こうして僕はオスローにも〈供給酸素《サプライオキシゲン》〉の魔法を教えることになるのだった……って、結局カイゼルとウォルト、リアにも知られて、全員に教えることになったんだけど。

実は僕たちが高品質の鋼を納品するようになって、アインツ周辺の害獣被害が激減したらしいが、それを知るのはずっと先の話だ。

翌朝、身支度を整えた僕は地下施設に向かう。今日から施設拡張の作業に入るからだ。何をやるかも分からないので、グランは部屋でお留守番だ。ゆっくり寝床を堪能《たんのう》するらしい。

魔法訓練施設から地下に降り、綺麗に磨き上げた石が一面に敷き詰められた施設に入っていく。

『まずは核《かく》となるユニットを作りたい。鉱石倉庫に行って素材を見繕《みつくろ》ってください』

『何を作るつもりじゃ？』

『施設構築の魔法では備え付けの設備までしか作れませんし、拡張やメンテナンスを全て少年が行うのは現実的ではありません』

『そもそもこんな施設を作ること自体が想定外だがな』

『なので、自律して施設を拡張しメンテナンスを行う存在。すなわち魔導人形《ゴーレム》を製造しようと思います』

『まぁ大小や性能は様々じゃが、生活のサポートとして魔導人形《ゴーレム》を使うのは、高レベルの魔術士にとって当たり前じゃからな』

『そうです。ですが自律して動作するとなると、多様な機能を入れ込む必要がありますね。ということで拳大《こぶしだい》の魔晶石を2つ、直径が小指くらいの魔晶石を5つ見つけてください』

3人の話を聞きながら施設を歩き、鉱石倉庫に着くと、言われた通りの魔晶石を探す。

〈詳細検索《ディティールサーチ》〉の魔法を使い、魔晶石のありかを特定し、様々な鉱石を除《よ》けながら目的のものを見つける。

『大きいのは主動力と思考モジュールとして、小さいのは補助動力、展開式ユニット、戦闘モジュール、統括モジュール、記憶モジュールとして使います。それぞれ複雑な積層型魔法陣《ラミネイテッドマジックサークル》を付与しますので、いつもの通りの魔晶球を生成してください』

「うん。いつものでいいんだね」

魔晶球とは、魔晶石を素材にした球体のことだ。

『はい。後で嵌め込む形になるので、大きさは統一してください。大きいのは直径8㎝《センチメートル》、小さいのは5㎝《センチメートル》で』

僕は眼鏡さんに言われた通り、〈研磨《ポリッシング》〉の魔法で魔晶石を球形に研磨《けんま》していく。もう何度もやった作業になるので問題なく作ることができた。

『さて、大小7つの魔晶球にそれぞれ違う魔法陣を刻んでいきます。どれがどれだか分からなくなってしまうので、魔法陣を描く色も変えていきましょう。まずは主動力。これはこの施設に埋め込んだものと同様に、周辺の魔素を集めて魔力に変換し、出力する機構です。この機構を組み込むことで、周辺に魔素があれば永久的に稼働し続けられます』

この施設用の魔晶球に比べればはるかに小さいので簡単だと思いきや……

『あぁ、魔導人形《ゴーレム》は大きさに制約がある故《ゆえ》、刻む魔法陣も微細化する必要があります。あと研究の結果、魔法陣を描く線にも魔術式を刻み込めるのが分かりましたから、その技術も使いましょう』

全く簡単な作業ではなくなったようだ。

『まず投射イメージを収束させるレンズを作ります。そしてその上に、下地と線を反転させた設計図を展開し、更にその上から魔法陣を焼き付ける光を投射することで、設計図を縮小させながら魔晶球に焼き付けることができます。算術魔法式は〈収束《コンバージェント》〉、〈転写乾板《フォトマスク》〉、〈露光体《エクスポージャー》〉、〈焼き付け《プリンティング》〉です』

ツルツルに磨き上げられた魔晶球が転がらないように、研磨された細かい削りカスで山を作り、そこに魔晶球を埋め込む。そして眼鏡さんに教えてもらった魔法を順に展開していく。

「〈エグゼキュート《実行する》　クリエイション《生成する》　コンバージェント《収束させる》　レンズ《凸透鏡》〉」

水晶球の上に、液体でできた大きな凸《とつ》レンズが生成される。

「〈エグゼキュート《実行する》　クリエイション《生成する》　フォトマスク《転写乾板》〉」

凸レンズの更に上に、凸レンズと同じ大きさの魔法陣が展開される。普段の魔法陣と違い、線と下地が反転されており、魔法陣を構成する線そのものが極小の文字で描かれているようだ。

「〈エグゼキュート《実行する》　クリエイション《生成する》　エクスポージャー《露光体》〉」

魔法陣の上に、発光する球体を生成する。その球体が発する光は魔法陣を照らした後凸レンズを通り、魔晶球の一点で魔法陣らしきものが描かれる。

眼鏡さんの指示に従って、生成したレンズや露光体の高さを調整し、魔法陣を転写する場所を決めていく。

『ここで良いでしょう。後は色を付けて〈焼き付け《プリンティング》〉するだけです』

「〈エグゼキュート《実行する》　プリンティング《焼き付け》　エクスポージャー《露光体》　レッド《赤》！〉」

僕が算術魔法式を展開すると、露光体が一瞬だけ強力な赤い光を放つ。予想外の閃光《せんこう》に僕は目が眩んでしまう。

「め、目がっ！」

『あぁ、すみません。強烈な光を出すから注意してくださいと言い忘れてました』

『言い忘れてましたじゃねぇよ……坊主がかわいそうじゃないか』

痛む目をぎゅっと瞑《つむ》って視力が回復するのを待ち、恐る恐る目を開けてみると、魔晶球に魔法陣が焼き付けられているのを確認できた。

『これで1層目ができました。〈転写乾板《フォトマスク》〉を入れ替えながら積層式に魔法陣を焼き付けていきましょう。これらの魔法陣を転写し、それぞれの役割を持たせた魔晶球をオーブと呼びます』

そして僕は二度と光を直視しないようにしながら、魔晶球に魔法陣を焼き付けていくのだった。

「これで最後かな？」

7つ目の魔法陣を焼き付けた魔晶球《オーブ》が出来上がり、僕は一息つく。1つ当たり10層以上の魔法陣を少しずつずらしながら焼き付けていくのは、かなり骨の折れる作業だった。

それぞれの魔晶球《オーブ》の中の魔法陣は、赤、青、緑、橙《だいだい》、紫《むらさき》、白、黄、とそれぞれが違う色で薄く発光している。

『次は魔導人形《ゴーレム》本体を作っていきましょう。硬さも必要ですが、自律行動させるために最も大事なのは、四肢《しし》に正確に命令を届かせる機構です。なので、青藍極鉱《アダマンタイト》をベースに精霊銀鉱《エレメンティウム》を通した主骨格を作り上げるのが良さそうです』

『青藍極鉱《アダマンタイト》？　加工できるような結晶なんてあったのか？』

『そうじゃのぅ。そもそも地竜の住処に行かないと手に入らん貴重な鉱石なのじゃが』

『2人の話を聞いて考えてみたところ、実は入手はそんなに難しくないことが分かったのですよ。青藍極鉱《アダマンタイト》を含有する鉱石はかなりあるのですが、加工できる製錬済み青藍極鉱《アダマンタイト》がかなり少ないため、希少鉱石《レアメタル》と認識されているようで』

『何と……では、ここいらが地竜の住処だったということかの？』

次は青藍極鉱《アダマンタイト》を鍛えるらしい。さも当たり前のように言っているが、青藍極鉱《アダマンタイト》は物凄く硬くて錆《さ》びず、武具には最適な金属で、ものによっては国宝としても扱われるくらいだ。遺跡とかで稀《まれ》に見つかった武具を一流の冒険者が使っているとも聞いている。

『地竜の住処ではないですよ？　とりあえず隣の鉱石倉庫に鉱石がそれなりにありましたので、

持ってきてください。青黒くて、見た目に反してとても重い鉱石です。あと淡《あわ》い緑色に発光している石もお願いします』

隣の鉱石倉庫で〈詳細検索《ディティールサーチ》〉を使うと、確かにかなりの鉱石が反応を示す。

『あー、それか。そりゃゴロゴロしてるわな。確かにそれは青藍極鉱《アダマンタイト》鉱石だぜ？　火に入れても溶けやしないんで加工できん代物だがな。加工できるのは青く結晶化したやつだけなんだ』

『儂の記憶でも青藍極鉱《アダマンタイト》は青い結晶だったのぅ』

僕は青藍極鉱《アダマンタイト》鉱石を手に取ってみる。確かに青黒い石で、見た目以上の重さがある。

『そいつだが、まぁ温度を上げれば外側の不純物は取り除ける。だが青藍極鉱《アダマンタイト》自体は温度を上げただけじゃ、全く溶解しないから、中に入り込んだ不純物が取り除けないんだよ。だから、不純物の入っていない青藍極鉱《アダマンタイト》の結晶体でないと加工は不可能だ』

『凡人の頭ではそれが限界でしょう。では青藍極鉱《アダマンタイト》の結晶体はどこで手に入りますか？』

筋肉さんが断言するのを、眼鏡さんは冷ややかな目で見ながら質問を重ねる。

『そりゃ、爺さんが言うように地竜の住処だろ？』

『はい。じゃあ何で地竜の住処にしかないんでしょうか？』

『え？　そりゃ、地竜が結晶のありかを知って寝床にしているだけじゃないのか？』

『……まぁ、あなたに聞くだけ無駄な話でしたね……龍爺、地竜の竜吼《ドラゴンブレス》の仕組み、前に教えてくれましたよね？』

　眼鏡さんは筋肉さんから視線を外すと、龍爺さんの方に向ける。

『うむ。地竜の竜吼《ドラゴンブレス》は燐光石《りんこうせき》を粉末状にし、空気中に吹き付けることで発火させる方式をとっているはずじゃ』

『そうです、その燐光石の粉末が肝《きも》なんですよ。燐光石の粉末が燃え上がる時、微《かす》かな量ですが目に見えない粒子《りゅうし》を発生させます。その粒子が青藍極鉱《アダマンタイト》に結合すると、青藍極鉱《アダマンタイト》が熱で溶けるようになり、不純物が取り除かれ結晶化するのです』

「普通の竜吼《ドラゴンブレス》と違うの？」

　眼鏡さんの質問に龍爺さんが答えるのを聞いて、僕もふと疑問を口にする。

『えぇ、例えば炎竜の竜吼《ドラゴンブレス》ですが、話を聞いている限り主成分はブタンガスのようです。これを圧縮し液化させて溜め込んであり、竜吼《ドラゴンブレス》を使う時には、気化させてから着火しているようです。ガスを保持し続けるために液化しており、その沸点がマイナス0・5℃となっていて、寒いところではなかなか気化しないため、炎竜は寒い環境下では竜吼《ドラゴンブレス》を吐きにくくなっているようです。寒冷地に生息する氷竜はプロパンガスを使っているようで、沸点がマイナス42℃のため、寒いところでも竜吼《ドラゴンブレス》が吐けるようです。風竜は圧縮酸素を使っているみたいですね』

　僕の質問に眼鏡さんがスラスラと答えていく。竜吼《ドラゴンブレス》といっても種族ごとに仕組みが違うようだ。

しかし今回の目的である地竜の竜吼《ドラゴンブレス》だけではなく、炎竜、氷竜、風竜のものまで調べているのは、知識欲旺盛《おうせい》な眼鏡さんっぽいなぁと思う。

『それでは製錬していきましょう。まずは精霊銀鉱《エレメンティウム》と同じように高温で、周りの不純物を溶解して分離します』

そこはもう手馴れてきた作業なので、炉を操作し過熱してから青藍極鉱《アダマンタイト》の鉱石を放り込む。高温に熱された鉱石の周りの不純物が溶け出して落ちていくので、あらかたの不純物が溶け落ちたところで、火箸を使って取り出す。

確かに芯《しん》の部分は全く溶けた様子がなく、硬さを維持しているので火箸でしっかり掴むことができる。

『余分なものが入らないように、炉に残った不純物を掻き出してから、再度青藍極鉱《アダマンタイト》を熱してください。温度は鋼と同程度で大丈夫です』

先端が幅広い掻き出し棒で、溶け落ちた鉱石を掻き出し、青藍極鉱《アダマンタイト》を熱する。

『次に、一緒に持ってきてもらった淡い緑色に発光している石、燐光石というんですが、それを火箸で掴んで青藍極鉱《アダマンタイト》の上に持っていき、〈研磨《ポリッシング》〉の魔法で削ってください。ごく少量で良いはずです』

僕は眼鏡さんの指示通り、火箸で掴んで青藍極鉱《アダマンタイト》の上に配置した燐光石を〈研磨《ポリッシング》〉の魔法で削る。

緑色の淡い光を発する燐光石が削られ、その粉がパラパラと青藍極鉱《アダマンタイト》に降りかかると、青藍極鉱《アダマンタイト》から強い青い光が放たれる。

『よし。想定通りです！　青藍極鉱《アダマンタイト》を金敷《かなしき》の上に置いて、金槌《ハンマー》で叩いて不純物を取り除きます！』

興奮して早口になる眼鏡さんに促されながら、青藍極鉱《アダマンタイト》を火箸で掴む。さっきと違って、火箸が鉱石の中に食い込む感触が手に伝わってくる。僕は精霊銀鉱《エレメンティウム》製の金敷に青藍極鉱《アダマンタイト》を置くと、精霊銀鉱《エレメンティウム》で作られた金槌《ハンマー》を振るう。

『そうだ、1か所ではなく、均一な板になるように全ての面を叩くんだ。叩いた感触が全面で同じになれば、不純物はほぼ取り除かれたってことになる』

「うん。やってみる」

筋肉さんからアドバイスが飛び、僕は金槌《ハンマー》を青藍極鉱《アダマンタイト》に叩き込むと、硬いんだけどどこか柔らかいような感触が手に返ってくる。金槌《ハンマー》を振るうたびにゴツゴツした鉱石の面が滑《なめ》らかになっていく。

少し硬くなってきたら熱し、炉から取り出して叩くのを繰り返していく。その過程を経るごとに、青藍極鉱《アダマンタイト》を叩いた時の反発から柔らかさが消えていく。

『燐光石の粉末の効果は、時間と共に減少していきます。まずは延べ棒《インゴット》化まで頑張りましょう』

何度も工程を繰り返し、最後の方には、冷め始めた状態だと金槌《ハンマー》を撥《は》ね返し、魔力を通していない精霊銀鉱《エレメンティウム》の金槌《ハンマー》の方が傷ついてしまうほどの硬度に戻る。

『まぁ、初めてにしては上出来じゃねぇか？　一応結晶化しているみたいだし』

『そうですね。とりあえず加工はできそうです。この状態の青藍極鉱《アダマンタイト》は魔力を通さない精霊銀鉱《エレメンティウム》よりは硬く、魔力を通した精霊銀鉱《エレメンティウム》よりは柔らかいといった、加工しやすい硬度になってますからね』

汗だくになった僕を見て筋肉さんが褒《ほ》めてくれる。眼鏡さんからも大丈夫との言葉があり、僕は安心して一息つく。

僕が製錬した青藍極鉱《アダマンタイト》は深い青色をしていて、少し透き通っている結晶のような延べ棒《インゴット》となっていた。

『この青藍極鉱《アダマンタイト》ですが、燐光石の効果が抜けると、硬くて火に溶けない性質に戻ります。なので、折れず、溶けずの性質を持った武具を作ることができるのです。魔力を通した時の精霊銀鉱《エレメンティウム》よりも硬いので、恐らく魔蟲将《インセクトジェネラル》の外殻《がいかく》をも切り裂くことが可能でしょう』

「魔蟲将《インセクトジェネラル》に通用する武器になる？」

『あぁ、多分な。ただきちんと威力を乗せて当てられないと、どんな武器でも宝の持ち腐《ぐさ》れだから、個々の技術の向上は必須だけどな』

「頑張れば何とかなるのなら、みんな頑張ると思うんだ！　とりあえず対抗手段ができそうで良かったよ」

魔蟲将《インセクトジェネラル》にも通用するとあって、僕は嬉しくなってくる。

『とはいえ、まずは魔導人形《ゴーレム》の素材にしますから、この延べ棒《インゴット》を200本用意してください』

「2、200本……」

喜びもつかの間、更なる膨大な作業量を聞かされ、僕はガックリと項垂《うなだ》れるのだった。

その後、夕食の時間まで一心不乱に槌を振るって、ヘトヘトになりながらも50本の青藍極鉱《アダマンタイト》延べ棒《インゴット》を作り上げ、とりあえず僕は一旦解放されたのだった。

第03話　2学期の授業

2学期が始まってしばらくしたある日、終礼の時間に頭を抱えたエレン学園長が入ってくる。エレン学園長は眉間《みけん》にシワを寄せた難しい顔をしたまま教壇《きょうだん》に立ち、単刀直入に言う。

「あなた方の授業ですが、全ての教師からクレームが出ております。心当たりはありますか？」

急に身に覚えのない話を聞かされる。僕は何のことだろうと首を捻《ひね》って周りを見渡すが、みんなも不思議そうな顔をしている。

「はぁ。自覚していない感じですか……これは教師も困ってしまいますね。実は、教師全員が、もうあなた方に教えることが何もないと言ってきているのです」

エレン学園長が額《ひたい》を指で押さえながら、ほとほと困った表情で話し始める。

「例えば、経営学科の授業ですが、カイゼル君、ウォルト君、エストリアさん、イーリスさん。治水工事の例題を覚えておりますか？」

「えっと、少し前にあった授業での課題でしょうか？　それならば記憶していますよ。確か……農業を主としている国において、山間の雨量が増え川が氾濫《はんらん》する可能性が高くなってきたので、国として治水工事を行いたい。それに伴い財源と人材の確保を如何様《いかよう》にするのか……でしたよね？」

カイゼルがスムーズに答えると、エレン学園長は静かに頷く。

「それにあなた方はどう答えたのかしら？」

「まず、財源と人材を確保するために、税の軽減と農作物の転換、それに伴い新しい農法の導入を行うべきと回答しましたが」

ウォルトが至極当然といった様子で返す。

「そう、そこよ。財源と人材を確保するためになぜ税の軽減を行うのか。そして人材確保のために新しい農法の導入をするのか。教師たちはあなたたちが突然何を言い出したのか、全く理解できなかったそうよ。ま、その後の説明で何となくは理解できたみたいなんだけど」

「まずは財源の確保ですが、安易で簡単な回答としては税を上げることでしょう。治水工事は国の事業で、川付近に住む住民や畑が守られる大事な施策です。その理由を前面に押し出した一時的な増税であれば、民衆に受け入れられると考えています」

エレン学園長の質問に、ウォルトがまず一般に受け入れられるであろう回答を返す。

「そうね。それが財源確保の理想的な回答だと思うわ」

エレン学園長は納得した顔で大きく頷く。

「そして人材確保ですが、これは現場の知見や移動、宿泊のコストや、働き手の農作業を行う時間を極力確保するために、現地での徴集を行うことが肝要です。また、先ほどの財源を給金として支払うことで、農家も安心して国の治水事業に参加できるといった考えになります」

「全くその通り。人材確保の面でもそれが最も負担が少なく、民衆も国も助かる良い方策ではないかしら?」

ウォルトが続けた回答を聞いて、エレン学園長は、これこそが正解だと皆に同意を求める。

しかし、彼は否定するように首を左右に振る。

「では聞きますが、農家の男衆が治水工事に参加している間、畑はどうするのですか? また、川に近くない民たちには増税されるだけで、デメリットしかないのでは?」

「え……? それは残った女衆と子供で何とかするのでは?」

「力が弱く経験も少ない女衆と子供では、どうやっても畑を維持できないでしょう。その年は治水工事の給金があるので賄《まかな》えるかもしれませんが、手入れを怠り収穫量の減った畑で、翌年以降どうやって同じ暮らしを維持していけるのでしょうか? まずは治水工事に参加できる余裕を作る必要があります」

　続けて発せられた問題提起に、エレン学園長は戸惑いを隠せない。

「え……？　それは普段からちゃんと畑の扱いを教えておけば……」

「農家は毎年毎年、税を払いながら、少しでも暮らしを楽にするために、より効率的に、より分業を行っていくだけで精一杯で、他人に教えたりする時間が作れるわけがありません。そもそも農家とはそんな暇と余裕はなく、日々が環境との戦いです。俺とカイゼルはこの夏休み、見聞を広めるために色々な村や町を巡回してきました。そしてそこに住む人々が、本当に毎日苦労しながら生きているのを、まざまざと見せつけられました。そんな中でも、希望や夢を持ちながら一生懸命働く農家の人々が基底にいてこそ国が成り立つ。それを俺たちは否応なく理解させられました。そんな彼らが他のことにかまける余裕などないことは明白です」

　貴族目線での安易な回答で思考を停止しようとするエレン学園長に、怒涛《どとう》の反論を浴びせるウォルト。その内容に隣にいるカイゼルも、その通りだと首を縦に振っている。

　戸惑っているエレン学園長に向けて、リアが続ける。

「だから、まず彼らには余裕を作ってあげる必要があります。そのために増税なんてもってのほかです。税を安くし、心身的な負担を軽くするのが優先。それと同時に生産性を高める施策の導入。それにより、少ない時間でより良い作物の収穫へと繋げていく必要があります。だけど新しい施策というのは、すぐには受け入れがたいと思います。失敗した時の責任を農家の人たちでは負いきれない。だから税を下げる対象は新しい施策を受け入れた農民だけにするし、更に後押しとして、失敗した際の補償は国が全額負担する旨を伝えて、参加してもらうように働き掛けなければなりません」

リアが詳しい説明を展開していくが、既にエレン学園長に反論する力はなく、ただただ聞き入っている。

「例題を我が国に置き換えた場合、主な農産物は小麦と大麦です。他に野菜や果物などを作っている農家がありますが、それは全体から見れば大した割合ではないので、除外して考えます。そして、農法としては、小麦と大麦の二毛作《にもうさく》が一般的になってます。ただし、連続して栽培《さいばい》すると品質が劣化するため、1年おきに畑を変えていたり、小麦のみや大麦のみの一毛作で栽培しているところもあります」

「それじゃ、まともな収穫が見込めない上に、凶作になったら一巻の終わりや。そこで四圃輪栽式《よんぽりんさいしき》農法を導入するっちゅうわけや」

「四圃輪栽式農法？」

リアが淀《よど》みなく話し、イーリスが耳慣れない言葉を発する。初めて聞くその言葉にエレン学園長が聞き返す。

それにカイゼルが答える。

「小麦↓カブ↓大麦↓クローバー↓小麦……というように、輪栽することで土地の力を回復しつつ、家畜に与える餌代をも賄う画期的な農法だね。クローバーを植え、そのクローバーごと畑を耕《たがや》すことで、畑の地力が回復する効果が見込めるのさ。また、クローバーは植えさえすれば、放っておいてもある程度勝手に育つ。それこそ女衆や子供でも管理できるレベルだから問題が少ないのさ。そのクローバーを植えるタイミングで、男衆が治水工事を行うのがオススメだ。まず四圃輪栽式農法による収穫量の向上だけれども、地力の回復により2割強の収穫高の向上が見込めるかな。そしてカブを餌として家畜に与えることで、家畜の餌代は3割も減る。餌の負担額の軽減により、より多くの家畜を飼《か》うことができるので、出荷量の2割向上が見込めるね」

カイゼルが身振り手振りを加えながら説明を繋ぐ。

「そして働き手には、治水工事の給金による休畑時の臨時収入があります。税を1割減らしましたが、収穫高と出荷量を合わせて4割向上が見込めるので、税率を上げなくても税収が増えますし、何より農家の収入が上がって生活向上に繋がります。その分の手間はかかってしまいますが」

「まー、その小麦、大麦、カブとクローバーの最適な苗や種は、夏休みにウチが周辺諸国を巡ってる際に見つけてきよったさかい。この説を導入する実現性がより一層高まってるてん」

カイゼルが息をついたところにウォルト、イーリスが話をかぶせる。

「したがって、財源と人材の確保のために税の軽減施策を実行。そして生産性向上のために新しい農法の導入をするという回答をしたわけなんだけど、何か問題がありますか？　エレン学園長？」

「……」

リアが話を締めくくった時には、エレン学園長は固まったまま、口をパクパクさせていた。

「……ないわ。あなた方が語った施策はとても素晴らしいものだと思う。教師たちに話を聞いただけでは、こんなに具体的に詳しい説明がなかったから眉唾《まゆつば》だったけど、これは本物ね。経営学科のことは分かったわ。どうやって、その知識を身に付けたのかとか、生産量の実証をしたのかとか、もう少し詳しい話を聞きたいところだけど」

我に返ったエレン学園長は盛大な溜息をついて、首を横に振りながら答えるのだった。

「はぁ……あなたたちの相手って本当に大変なのね。次に武術学科だけれど、ここも教えられることは、もう何もないと言ってきているわ。ゴルドー先生が魔力撃がどうのとか言っていたのだけど」

「魔力撃をやっとマスターできたからって常時展開してたのがまずかったかな？」

オスローが頬をポリポリ掻きながら僕の方を見る。

エレン学園長が確認するように言う。

「魔力撃ってアレよね？　ごく少数の熟練の冒険者が身に付ける、魔力を武器に付与しつつ攻撃する技よね」

「えぇ、そいつなんですが、オレは体に馴染ませるために、武器を持っている時は基本常時展開する訓練をしているんです、だけど、どうやらそれは異常らしくて。普通は攻撃の瞬間に魔力を付与するだけでも、相当難しいし疲労するって言われたんだけど。オレは魔法を使うのは苦手なんだけど、魔力を垂れ流して強化する魔力撃は、コツを掴んだらあっさりと会得《えとく》できちゃったんだよな」

「魔法はイメージやプロセス、発音や選択する文節《ワード》が大事だけど、魔力撃は純粋に魔力を使うだけだから、切っ掛けさえ掴めれば後は反復で身に付くので、オスローの性に合ったんだと思うよ」

僕たちが盛り上がっていると、エレン学園長が実演を促してきたので、クラス全員で訓練場に移動した。

オスローは魔力を放出させて武器に宿らせ、武器全体から赤い光を迸《ほとばし》らせる。

「それで、こんなことも！」

平然としたままオスローはそう言うと、武器を大きく振りかぶって、振り抜いた。すると赤い光が一筋の刃《やいば》となって、標的に向かって射出される。

ドゴォォォォォンンッッッ！！！

訓練場を揺るがすような大音量がして、標的が木《こ》っ端《ぱ》微《み》塵《じん》に砕《くだ》ける。

「この施設の標的は、相当に防御魔力を注ぎ込んだ自慢の設備なんだけれども……君たちといると自信なくすわね。ホント」

エレン学園長がガックリと項垂《うなだ》れる。

「でも隙《すき》が多すぎて使えないんだよな、この技。接近して殴《なぐ》った方が効果高いし速いし、接近できないような速度重視の敵には、そもそも当たらないし」

オスローのような近距離戦闘タイプが遠距離攻撃の手段を持っているなんて恐ろしい。当の本人はそれを自覚せずに、残念そうに言った。既に仮想敵がおかしすぎると思う。

「まぁ通常攻撃は相当に強化されたから、それはいいことなんだけどなー」

オスローは違う標的に歩み寄ると、魔力を宿した訓練用武具で攻撃する。体捌《さば》きにも訓練の成果が出ており、無駄な力が抜けつつも、必要なところには力を入れることにより、速度と攻撃力を両立させた攻撃を放てるようになっている。

そんなオスローが標的に一瞬で3撃入れると、簡単に爆砕《ばくさい》されて地面に転がる。これ1体1体に相当なコストを掛けて、強化魔法を入れていると思うんだけど、こんなに簡単に破壊して良いのだろうか？

「……オスロー君。その標的も学校の備品なんだから、当たり前のような顔をして、片っ端から破壊しないでちょうだいね」

　ほら、エレン学園長がちょっと額に青筋立てながら、笑顔でオスローを注意したよ。

「え、あっと、その……すんません」

　オスローがビクッと身体を強ばらせて、咄嗟《とっさ》に謝罪する。

　素直に謝るオスローに頷きつつ、エレン学園長は口の中で更にモゴモゴ言葉を紡ぐ。

「で、でも、学生が魔力撃⁉　しかもまだ1年生の2学期よ？　前例がなさすぎで判断のしようがないんだけれども！」

　うーん。心の声がだだ漏れだなぁ。と僕は思いながら、のんびりとやり取りを眺めていた。

「こ、これはゴルドー先生があなたたちへの指導は不要と考えるのも当然だわ。逆に一緒に高め合おうと言い出しかねないわね」

　エレン学園長は今日何度目かになるかも分からない数の溜息をつくと、教室に戻るように皆を促す。

　促されるままに教室に戻ると、エレン学園長は教卓に手を付きながら、僕たちを見渡して話し始める。

「あなた方のことは、先生方の報告以上だったことが分かりました。それぞれの得意教科においては1年生どころか3年生のレベル……いいえ、教師のレベルすら超えています。なので、今まで通りの授業を先生が行っても時間の無駄でしょう。だから、その教科を得意としている生徒が教師になり、お互いを教え合った方が良いのではないかしら？　とりあえず定期的な試験は実施するので、それに合格すれば進級を認めます」

何というか、今後は全部自習になってしまったようだ。確かにカイゼルとかが先生の授業を受けても何も得るものがなさそうだしなぁ。

だったら、他の勉強の時間に当てた方が効率的な気がする。

「他の生徒に示しがつかないと思うのですが、良いのでしょうか？」

「そもそも、今年の統合学科が前例のない学科の上に、あなた方の実力も前例がないほどよ。あと、何かクレームが出たとしても、あなたたちが実力の一端を見せれば黙るしかなくなるわ」

カイゼルが心配そうに聞くと、エレン学園長は気軽にそう告げてくる。

「では、そういう場合は、勉学であれば論破を、武術・魔術であれば訓練場で打ち負かして良いと？」

「そうね。だけど怪我はさせないように。あと、そういうことをする場合は、教師たちに一言告げるように」

「承知しました」

対策もまとまったところで、僕たちのこれからの方向性を決めた。

経営学に関してはカイゼル・ウォルト・リア・イーリスが、魔術についてはキーナと僕が、武術に関しては、オスローと僕が教えることになりそうだ。翠は……まぁ教えるのは無理だからね。武術の時にサポートしてもらうとしよう。

「あぁ、そうそう。２学期の後半には学園祭があるから、何をするのかと、それらの準備を進めておくように」

そうして僕たちは自己学習を中心に、学園祭に何の出し物で参加するかを相談しながら日々を過ごすのであった。

第04話　魔導人形《ゴーレム》製作

そんな日常を過ごしながら放課後は、僕は地下の鍛冶施設でひたすら青藍極鉱延べ棒《アダマンタイトインゴット》の製錬作業に没頭《ぼっとう》していた。

最後の方には手馴れてきたのもあって、効率的に製錬できるようになり、数日後には、眼鏡さんに指示された数である200本の青藍極鉱延べ棒《アダマンタイトインゴット》を作り上げることができた。

ヘトヘトになって寮に戻る僕を見て、クラスメイトたちは心配していたけど、大丈夫と空元気《から》で誤魔化していた毎日だった。

『さて、これから魔導人形《ゴーレム》を作っていきます。色々できるようにと人型を考えており、そのために人と似た骨格構造で構成します。また神経にあたる部分は魔力をよく通す精霊銀鉱《エレメンティウム》を使い、頭の先から足の指の先まで制御できるようにします』

『ふむ。かなり高性能な魔導人形《ゴーレム》になりそうじゃのぅ』

『ええ、魔晶球《オーブ》も7つ使いますし、高性能になるはずですよ。ちなみに作業工程は武器を作るのとあまり変わりません。すでに設計図はできているので、青藍極鉱延べ棒《アダマンタイトインゴット》を熱して、〈型成形《モールド》〉の魔法でパーツを作っていくだけです。本当は疑似筋組織などを使って、魔力供給を必要としない自律完結型の魔導人形《ゴーレム》にしたかったんですが、それはまた今度ということで』

僕の頭の中に必要なパーツが展開されていく。なんか骨みたいなパーツが多いようだ。

『まず芯として神経の役割を持つ精霊銀鉱《エレメンティウム》を作っていきましょう。太さ1㎜《ミリメートル》の針金に加工します』

以前に作っておいた精霊銀鉱《エレメンティウム》を〈型成形《モールド》〉の魔法で針金にしていく。精霊銀鉱《エレメンティウム》自体が相当な硬度を持っているので、それだけ細くしても簡単には折れない。そして細く伸ばした精霊銀鉱《エレメンティウム》の針金を40㎝《センチメートル》くらいに切り分ける。

『それでは青藍極鉱延べ棒《アダマンタイトインゴット》を加熱して柔らかくしましょう。そして柔らかくなったら、芯に精霊銀鉱《エレメンティウム》の針金を配置して、〈型成形《モールド》〉で覆っていきます。あ、精霊銀鉱《エレメンティウム》が溶けないように魔力を通しながら作業してください。そして青藍極鉱《アダマンタイト》はかなり硬くなってきているので、〈型成形《モールド》〉の魔法の負荷も高いですが、頑張ってください』

火箸で青藍極鉱延べ棒《アダマンタイトインゴット》を炉に置き、しばらく様子を見る。深い青の延べ棒《インゴット》の表面が赤熱し、広がっていく。

『そろそろ良さそうだぞ？』

筋肉さんから声がかかる。確かに程良く柔らかそうな見た目になっているので、僕は火箸で青藍極鉱延べ棒《アダマンタイトインゴット》を取り出し、金敷の上に置く。そして火箸で精霊銀鉱《エレメンティウム》の針金を掴み、魔力を流しながら青藍極鉱延べ棒《アダマンタイトインゴット》の真ん中に置く。針金の方が延べ棒《インゴット》より長いので、配置作業自体は難しくない。

だが、火箸に魔力を流しながら、算術魔法式を展開するのはちょっと大変だ。

〈エグゼキュート《実行する》　モールド《型成形》　ボーン01〉

僕が算術魔法を展開すると、青藍極鉱延べ棒《アダマンタイトインゴット》が精霊銀鉱《エレメンティウム》の針金に巻き付いていく。

「くっ……硬い」

展開式に注いでいる魔力量に反して、青藍極鉱延べ棒《アダマンタイトインゴット》の〈型成形《モールド》〉の速度がゆっくりだ。だが、熱していない延べ棒《インゴット》に〈型成形《モールド》〉した時は、いきなり魔法が弾かれてしまったのに対し、今回はゆっくりだが変化が見られる。眼鏡さんの言う通り、かなり硬いため力が必要なのだろう。

精霊銀鉱《エレメンティウム》の針金の魔力が弱まると、熱で溶けてしまうので、そちらに魔力を割《さ》きつつも、〈型成形《モールド》〉を展開する方に多くの魔力を注いでいく。

「くぅ……で、できたかな？」

青藍極鉱延べ棒《アダマンタイトインゴット》が精霊銀鉱《エレメンティウム》の針金に綺麗に巻き付き、中央部が細く、両端に行くにつれ太くなり、更に両端には膨らんだ球が付いているような形になる。まさに青藍極鉱《アダマンタイト》でできた骨だ。

『ふむ……良さそうですね。後は組み合わせた時に、しっかり嵌まれば大丈夫です。両端に出ている精霊銀鉱《エレメンティウム》の針金を溶かして、溝を埋めましょう』

骨の両端の球を見ると、放射状に溝が刻まれている。確かに突き出した精霊銀鉱《エレメンティウム》の針金を溶かせば、溝が埋まりそうなので、僕は青藍極鉱《アダマンタイト》の骨を火箸で掴み、炉に差し込む。

そのまま持っていると、魔力を通していない精霊銀鉱《エレメンティウム》が溶け始めてきたので、火箸をくるくる回しながら、溶け出した精霊銀鉱《エレメンティウム》が溝を埋めるように調整する。

しばらく操作していると、突き出していた精霊銀鉱《エレメンティウム》の針金が全て溶けて、溝を埋めることができた。

『そんなものでしょう。これを他の199本に対して行い、それらを組み合わせれば魔力が隅々《すみずみ》までいきわたる骨格が構成できるでしょう』

楽しげに言う眼鏡さんだが、僕はこんな作業を後199本もしなければならないことに、肩を落とすのだった。

「まだ先は長いなぁ……」

†

数日掛けて200本全ての〈型成形《モールド》〉を終えた僕の前に、200本の骨のように見える青藍極鉱《アダマンタイト》が床に並べられていた。

『よくここまで作ったなぁ。見た目は遺跡から死体を発掘したようにしか見えないが』

『これでも相当妥協《だきょう》しました。本当は軽量化と耐久性とメンテナンス性を増すために、もっと細かくしたり、防護機構を作ったりしたかったんですがね』

『しかし、全青藍極鉱《アダマンタイト》製の人型魔導人形《ゴーレム》……完全に超越技術《オーバーテクノロジー》じゃのぅ。ただの殴り合いになれば、地竜以外の竜族では歯が立たないように思えるんじゃが』

『そうですね。物理的な攻撃と竜吼《ドラゴンブレス》は無効ですから、竜族とは相性が悪いでしょうね。まぁ、空を飛ばれると打つ手なしですが』

相変わらず物騒な話をしている。竜種とタイマンできる魔導人形《ゴーレム》とは一体……

『では組み立てていきましょう。油は持ってきましたか？』

「あ、うん。普通に売っている調理用の油だけどいいの？」

『本当は鉱物油が良いのですが、今は掘り出すのも精製するのも手間なので、とりあえず調理用の油でいいです。パーツを嵌めるだけなので』

そうして僕は指示通り、パーツの先端に刷毛《はけ》で油を塗って、順番通りに嵌めていく。嵌まるまで強い抵抗があるんだけど、上手い角度で力を入れると、カチッと簡単に嵌まるのだが、どうなっているのか引っ張っても取れないのだ。

『微妙に受ける側の方が狭いんですが、球体に油を塗ることで、抵抗を減らしてその隙間に上手く嵌まるんですよ。まぁμm《マイクロメートル》以下の誤差で物を作らないと、こうはなりませんが』

僕が首を捻っていると眼鏡さんが答えてくれる。200本のパーツはやがて全部繋がり、人の骨格の標本のような魔導人形《ゴーレム》が出来上がる。

『では、魔晶球《オーブ》をセットしていきましょう。まず主動力の魔晶球《オーブ》は心臓の場所にある窪《くぼ》みに嵌めてください。副動力は腹の部分です』

人間は肋骨《ろっこつ》で心臓が守られているが、この魔導人形《ゴーレム》は形を簡単にするために、肋骨の部分が複数の板を繋ぎ合わせた形になっている。

主動力の魔晶球《オーブ》を掴んだまま、腹部から手を入れて心臓らしきところに触れると、確かに窪みがある。僕はそこに主動力の魔晶球《オーブ》を、背骨の腹部に当たる部分の窪みに、副動力の魔晶球《オーブ》を嵌め込む。

『次に制御装置ですが、これは頭のところにあります。後頭部の出っ張りを下に押し下げながら手前に引くと開きます。その中に丸いトレイがあるので引き出してください』

後頭部を開きトレイを取り出すと、２つの四角形を45度ずらして配置した八芒星《はちぼうせい》の溝と、その中央と頂点に９つの窪みが彫《ほ》られたトレイが出てきた。

『先日作った残り５つの魔晶球《オーブ》を嵌めていってください。線が繋がっている個所に嵌めると、反応が速くなるので、関連性の高いものを集めると良いです。中心の大きな窪みには思考モジュールを、展開式モジュールと戦闘モジュールは同じ四角形に、記憶モジュールと統合モジュールを別の四角形に入れると良いでしょう。残った４つは、今後拡張が必要になった時に使用します』

言われたままに魔晶球《オーブ》をセットしてから、トレイを元の場所に戻し、後頭部の蓋《ふた》を閉める。

『これで準備は完了です。魔導人形《ゴーレム》の上半身を起こして、首の後ろにある精霊銀鉱《エレメンティウム》に手を当てて魔力を流してください。心臓部にある主動力ユニットを動かす必要があるので、多めの魔力を注いでください』

僕は首の後ろにある天色《あまいろ》の金属部分に掌《てのひら》を当てて、魔力を流し込む。精霊銀鉱《エレメンティウム》は魔力を通しやすい金属なので、僕の魔力が背骨を通じて、魔導人形《ゴーレム》の各部に浸透《しんとう》していく。

そして頭にある制御装置、心臓部にある主動力、腹にある副動力が僕の魔力を吸い込んで溜めていく。

その魔力が十分に飽和《ほうわ》すると、魔導人形《ゴーレム》の上半身が固定され、四肢が自分自身の可動域を確かめるかの如く動き始める。

『この魔導人形《ゴーレム》の性能《スペック》は素晴らしいですよ。魔法で作られた土人形《クレイゴーレム》の場合、簡単に作れてすぐに稼働するのはメリットですが、戦え、守れ、見張れといった簡単な命令しかできません。しかもその能力や配慮《はいりょ》や動作は、作った術者の知識や経験による攻撃や守備、監視に限られます。自律思考もなく、簡単な if-then（もし～なら、～する）しか設定できないのです』

「確かに魔法で作り出した土人形《クレイゴーレム》は簡単な命令しかこなせないって魔術概論の授業で聞いたなぁ」

『それに比べて、この魔導人形《ゴーレム》は、思考モジュールに刻まれた複雑な回路による人工知能《Artificial Intelligence》と言えるほどの、複雑な自己判断が行えます。また筋肉バカの戦闘方法と龍爺の魔法運用の戦闘方法をロジックに落とし込んだ戦闘モジュールにより、極めて高い物理と魔法の戦闘能力を有しています』

魔導人形《ゴーレム》が初期起動している間に、眼鏡さんが如何にこの魔導人形《ゴーレム》の性能が素晴らしいかを語っている。

そして、魔導人形《ゴーレム》の動きが止まり、体を捩《ね》じるように捻《ひね》りながら立ち上がる。

立ち上がった時の身長は180㎝《センチメートル》くらいで、僕よりずいぶんと大きい。作ったパーツは人間の骨のような形をしていたので、ぱっと見たところは青い骨人《スケルトン》のようだ。

各部位の動きを確認するように、関節を曲げたり、捩じったりすると、僕に目らしき場所を向ける。

「所有者様《マスター》登録開始、検索……魔力波形一致……対象を所有者《マスター》として登録します」

抑揚《よくよう》の少ない落ち着いた大人びた男性の声が魔導人形《ゴーレム》から聞こえてくる。

「各部位問題なし……作業を指示してください」

『無事、起動したみたいですね。後は大体の方向性を指示しておけば、自律して最適な行動を取りますので手はかかりません。まずは作業用魔導人形《ゴーレム》設備の建造を優先しましょう。何にせよ数がいなければ、設備の建造や増設、拡張がままならないので』

起動を確認した眼鏡さんが満足げに頷く。

「じゃ、じゃあ魔導人形《ゴーレム》設備の建造をお願いします」

「了解いたしました……任務：魔導人形製造所《ゴーレムプラント》建造……必要知識……クリア。必要設備……順次建造必要、必要動力……30万。推定完成時間100日……」

僕がお願いすると魔導人形《ゴーレム》がブツブツと喋《しゃべ》り始める。

『100日も掛かりますか……この設備が自動回収する魔力だけだと時間がかかりますね』

「提案。毎日魔力を補充いただければ、工期が短縮されます。魔力補充なさいますか？」

『施設を作った時の大きな魔晶石に、毎日少年の魔力を注入すれば早まりますので、やっておきましょう』

「分かった。僕が毎日魔力を補充しに来るよ」

「了承……所有者様《マスター》の魔力の補充により工期短縮で再予定作成《リスケジューリング》」

こうして、魔導人形《ゴーレム》作製は順調に完了し、設備の完成まで、僕は毎日魔力を継ぎ足しに来ることになったのだった。

この魔導人形《ゴーレム》により、施設の充実は加速していく。訓練施設に関しては、放課後に僕たちが使うので、夜から夕方に掛けてメンテナンスするようにお願いしたため、何の不都合もなく使えている。

現在この地下に作られた施設の中にある訓練用の施設は、地上の訓練施設同様、魔封鉄鋼《アンティニウム》が壁全てに使われており、強力な魔法も安心して訓練できる。しかし魔封鉄鋼《アンティニウム》は物理衝撃に弱いので、壁の表面を青藍極鉱《アダマンタイト》の板で覆い補強した。

また、訓練用の標的として、床から素早くターゲットがせり出してくる仕組みが用意されており、次々と現れる標的に、的確に適度の威力の魔法を当てたり、次々に走り寄りながら攻撃を当てるといった訓練が行えるようになっている。

僕の作り上げた高性能魔導人形《ゴーレム》が最初に行ったのは、作業の量と質の充実である。

そのために整備／拡張用魔導人形《ゴーレム》の生産ラインを真っ先に構築すると、次々とメンテナンス魔導人形《ゴーレム》を製造していった。

このメンテナンス魔導人形《ゴーレム》はとても簡易に設計しているらしく、身体《ボディ》の基本素材は鋼であり、頭脳としての魔晶球《オーブ》は、身体制御モジュール、簡単な作業ロジックのみを刻み込んだ量産型思考モジュール、指示を受けるための通信モジュールだけが搭載《とうさい》されているようだ。

とりあえず30体ほど作り上げた後、今度はメンテナンス魔導人形《ゴーレム》に指示を出して制御を行うための、幾分か性能が高い棟梁《とうりょう》型魔導人形《ゴーレム》の製造に着手した。

現在は棟梁型魔導人形《ゴーレム》の指示の下、更なる魔導人形《ゴーレム》の増産と設備の拡充を行っているそうだ。

生産ラインで作られた魔導人形《ゴーレム》が、更なる生産ラインの構築と拡充を行うので、魔導人形《ゴーレム》の数は倍々で増えていっており、既に1000体以上になっていると聞いている。

これらの魔導人形《ゴーレム》によって、地下施設の設備は日々バージョンアップを繰り返しているのだった。


そして、それらの施設を使った訓練を楽しそうに活用しているのは、翠とオスロー、キーナだ。

他のメンバーも時間がある時には、交ざって訓練をしている。

思いっきり暴れても壊れない訓練施設、壊しても怒られない簡易標的を翠はえらく気に入っていて、毎日入り浸って必殺技の開発に勤《いそ》しんでいるようだ。

僕が武器開発や魔導具の開発に着手し始めてしまい、翠とグランの相手をできないこともあって、グランは翠と一緒に必殺技の開発を行っている。

巨大化も自在に使いこなせるようになっていて、最近は翠と組み手までするようになっているそうだ。竜と対等に組み手ができる跳びネズミ《ラニー》って一体何者なんだろう……？

更に驚くべきことに、訓練で負ってしまった自分や翠の傷を、グランが〈快癒《ヒール》〉で治しているそうだ。

グランが聖属性を扱えることは知っていたけど、まさか〈快癒《ヒール》〉まで使えるようになっているとは。その時に僕はあまりにも驚愕《びっくり》してしまい思考が停止したのだった。

第05話　冒険者登録

地下施設を魔導人形《ゴーレム》に任せて、日中は学園で、夕方になると地下施設に向かい魔力を注入する日々を送っていたある日のこと。

先日僕たちの実力を確認し、自習に任せていた武術学科と魔術学科だが、あまりに非常識すぎると教員から再度クレームが上がり、再度模擬戦を披露する話になってしまっていた。

訓練場に集まった僕たちの前には、武術講師のゴルドー先生と魔術講師のケーニス先生が立っている。それだけかと思いきや、それとエレン学園長、あとは数人の教師たちが観覧席に陣取っていた。

「何か見世物《みせもの》になっているみたいだね」

「だなぁ……あんまり変なことすると、また目を付けられそうだぜ。気を付けろよ、アル？」

「あ、うん」

僕が観覧席を見ながらオスローに耳打ちをすると、彼は楽しそうな表情をして返す。絶対僕が何かやらかすだろうと思っているようだ。

「キュー、キュキュキュキュキュイッ!!（主《マスター》なら、問題ないのである!!）」

僕の肩に乗ったグランが胸を張りながら僕の代わりに答えている。

「では、実力の近そうなメンバーで組んでくれ」

無駄話をしている僕を咎《とが》めるように、ゴルドー先生が鋭い視線で指示を送る。

「戦闘スタイルも合わせた方がいいですか？」

「そこら辺は任せるが、一方的な試合になると判断しづらいから、似通ったスタイルの方が望ましいだろう」

リアがゴルドー先生に確認すると、みんなで組み合わせを検討することになった。

すると、いつものようにカイゼルが提案してくれる。

「では、キーナ嬢とイーリス嬢、エストリア嬢と私、オスロー君とウォルト、アル君と翠嬢という組み合わせが妥当ではないかな？」

「ちょ、ちょい待ち。キーナはんの魔法がヤバすぎて、もうウチじゃ相手にならへん。まだリアはんかカイゼルはんの方がやりやすいわ」

「ふむ……では、キーナ嬢はエストリア嬢と、イーリス嬢は私とやるということで」

「そうしてーな。おおきに」

「ならば、俺もたまには全力でアルカードとやってみたい」

カイゼルがイーリスの意見を汲《く》み取って組み合わせを弄《いじ》ったところ、珍しくウォルトが僕と戦いたいと発言する。

「ぐぇ、じゃあオレの相手は翠か？　きっちぃなぁ……」

「オスローが相手なのか？　ちゃんと手加減するから大丈夫なのだ！」

「あ、あてにならねぇ……」

「確かに、たまにはいつもと違う組み合わせも良いかもしれないな。ではウォルトとアル君、翠嬢とオスロー君ということで」

「分かったよ……まぁ、たまにはいいか」

翠の相手をすることになったオスローが肩を落としながらも納得する。

「ということで、キーナ嬢とエストリア嬢、イーリス嬢と私、ウォルトとアル君、オスロー君と翠嬢という組み合わせでお願いします」

「分かった。ではキーナとエストリアを残して、訓練盤《ばん》から離れるように」

ゴルドー先生の言葉を受けて、僕たちは訓練場の壁際まで下がる。中央に設置された訓練盤にはキーナとリアだけが残り、ゴルドー先生とケーニス先生も盤から降りて、少し離れる。

「それでは始め！」

ゴルドー先生の掛け声が上がると、２人は前に武器を突き出して詠唱を開始する。

「〈炎よ《Fire》！　彼の敵を《Target》　撃て《Shoot》！　炎の礫《ファイアボルト》！〉」

リアがまずは様子見と〈炎の礫《ファイアボルト》〉を発動させて、小さな炎の礫《つぶて》をキーナに向かって射出する。

「〈燃え盛る幾多の炎よ！　彼の敵を《Target》　撃て《Shoot》!!〉」

リアの〈炎の礫《ファイアボルト》〉の詠唱を確認したキーナが、一瞬遅れて詠唱に入る。

「〈炎の礫群《ファイアボルツ》!!〉」

詠唱が完了すると5つの炎の礫《つぶて》がキーナの頭上に出現する。

「〈射出《Fire》！〉」

キーナが掛け声を発すると、５つの炎の礫《つぶて》が射出され、その内1つが直前に迫っていたリアの〈炎の礫《ファイアボルト》〉を相殺《そうさい》し、他の４つの炎の礫《つぶて》が、逆にリアに襲いかかる。

「さ、流石にやるわね！」

リアは迫りくる〈炎の礫《ファイアボルト》〉をステップ、しゃがみ込み、右手の小剣《ショートソード》と左手の殻付き短剣《マンゴーシュ》の切り払いで潰す。

それぞれの武器には魔力を纏わせており、魔法の威力を減衰しつつ誘爆《ゆうばく》させていく。

「〈鉄突槍《アイアンピアース》！〉」

足の止まったリアに対して、キーナが詠唱破棄の〈鉄突槍《アイアンピアース》〉を発動させる。しかもリアの動きを予測し、若干後方から手前に伸びるような配置だ。

咄嗟にバックステップで回避しようとしたリアの膝裏を〈鉄突槍《アイアンピアース》〉が捉える。

その瞬間、訓練場と、リアの訓練着に仕込まれた安全機構が働き、障壁が展開されて〈鉄突槍《アイアンピアース》〉と衝突し砕け、リアの身体が防護される。

「キーナ、1ポイント先取」

ゴルドー先生が告げる。

「まだまだぁっ！」

リアは体勢を立て直して地面を蹴り、キーナに向かって駆け出す。

「〈地の壁《アースウォール》！〉」

即座にキーナがリアとの間に土の壁を発生させる。そして左右どちらからでも即座に対応できるように、杖《スタッフ》を目の前に掲《かか》げたまま動きを止める。

リアはそのまま壁に向かって疾駆《しっく》し、壁の直前で一瞬身体を沈《しず》み込ませると、身体を捻りながら飛び上がる。

両足に魔力を巡らせつつ、脚力を強化した背面跳びで、〈地の壁《アースウォール》〉を飛び越える。そして天地逆になった姿勢のまま、キーナの位置を確認すると、詠唱を開始する。

「〈烈風《Burst》よ！　彼の場所《Target》で　爆ぜよ《Explosion》！　烈風の爆裂《バーストエクスプロージョン》!!〉」

自分の足下で風を爆発させ、その反動を射出機《カタパルト》代わりにして自分の身を射ち出す。

「む、無茶苦茶ですぅ～！」

対象にダメージを与えるはずの魔法を推力に使うやり方に、ケーニス先生が甘ったるい驚嘆の声を上げる。

想定外の場所からの突撃にキーナは対処できず、杖《スタッフ》を前にして目をつぶって防御姿勢を取る。

「キーナ！　相手は最後まで見なきゃ駄目よっ！」

リアは急降下しながら掬《すく》い上げるようなバク転蹴りで、キーナの杖《スタッフ》を撥ね上げながら、その反動を制動《ブレーキ》に使って着地する。

キーナはそのバク転蹴りに吃驚《びっくり》してしまい、その場に尻餅《しりもち》をつく。そのキーナにリアが小剣《ショートソード》を突き付ける。

「ま、参りました」

「それまでっ！」

キーナが降参の意を示すと、ゴルドー先生が試合の終了を告げる。リアはキーナに手を差し出して起こす。

「大丈夫？　痛いところない？」

「え、あ、はい。大丈夫です」

「魔法凄かったわ。特に〈鉄突槍《アイアンピアース》〉の設置が良かった」

「エ、エストリアさんも、さ、最後の突撃、凄かった……です」

「ま、まぁ……アルが助けてくれた時のね……」

２人は笑みを浮かべながらお互いを称《たた》え合っている。最後にちらっとリアがこちらを見たのが気になるけど。


次はイーリスとカイゼルの試合で、これはお互いが中距離が得意なのもあって、魔法と弩《クロスボウ》や弓での牽制のし合いになっていた。最終的に魔法を巧《たく》みに使いながら、要所要所で弩《クロスボウ》による高威力の太矢《クォーレル》をヒットさせたイーリスのポイント勝ちだった。

その次のオスローと翠の戦いは、オスローが気の毒な展開だった。

始めの合図と共に翠の姿が消え、一瞬でオスローに肉薄《にくはく》し、一撃必殺の威力を持つ拳打《けんだ》と蹴撃《しゅうげき》の雨霰《あめあられ》が降り注ぐ。

オスローもその速度に惑《まど》わされることなく、斧槍《ハルバード》と小盾《バックラー》で捌くが、いかんせん翠の短い手足をフル活用した素早すぎる乱撃に対して、重武器ではどうしても対応が遅れる。

防ぎきれなかった攻撃が身体に当たり、あっという間に防御障壁を削られ、敗北してしまった。

「前よりも保《も》つようになってきたのだっ！」

翠が満面の笑みをオスローに向けるが、オスローは項垂《うなだ》れたまま、俺はサンドバッグか何かか？とブツブツ呟いていた。

そして模擬戦の最後の試合となった、僕とウォルトの試合が始まる。僕はあまりウォルトと模擬戦をしたことがない。カイゼルやリアと模擬戦をしているところを見ていると、巨大な両手剣《グレートソード》を難なく扱い、そのパワーを生かしつつ、緻密《ちみつ》な技の組み立てで相手を追い詰めていく戦法を取ることが多いようだ。

「始めっ！」

ゴルドー先生の掛け声が聞こえると、ウォルトが巨大な両手剣《グレートソード》を肩に担いだまま、何気ない様子で足を踏み出す。

ちょっと話そうぜと近付いてくるようなあまりにも自然な動作と普段通りの表情に、僕は模擬戦だというのに警戒を解いていた。そして巨大な両手剣《グレートソード》の有効射程に入った瞬間、僕にその凶器を振り降ろしてきた。

「くぅっ！」

凄まじい膂力《りょりょく》のこもった一撃に、僕は受け流しでは対応できないと判断し、小剣《ショートソード》と小手《ガントレット》を頭上に掲げて、それを受け止めようと構える。

ガキィイイイイッツッ!!

金属がぶつかり合う耳障《みみざわ》りな音と共に、上から全てを叩き潰すような衝撃は、僕の膝を曲げ、片膝を突く姿勢を強《し》いてくる。

そうなってしまうと僕の強みである機敏《きびん》さが失われてしまうので、僕は膝だけで衝撃を吸収し、その姿勢のまま何とか耐える。

「アルカード、お前は強い。だがお前のその強さは危ういんだ」

「え!?」

ウォルトと視線が合うと、敵を見るような冷たい表情をしながら、僕にしか聞こえない小さい声で伝えてくる。

「ふんっ!」

僕がその言葉に戸惑っていると、更に力を加えて僕の体勢を崩す。

ギャギャギャアッツ!!

僕は堪えられなくなって剣先が下がる。その直後、金属の擦れる耳障りな音を発しながら、僕から向かって左側に巨大な両手剣《グレートソード》が流れていく。

咄嗟に左手も下げつつ、身体を反転させてウォルトから距離を取ろうとすると、僕の右脇腹にとてつもない衝撃が走る。

「ぐはぁっ！」

巨大な両手剣《グレートソード》が流れるのに任せながら、その勢いを利用して右回転したウォルトが、僕の右脇腹目掛けて、横薙ぎに振り切ったのだ。

僕の身体はそのまま吹っ飛ばされながらも、片膝を突いて体勢を整え、右脇腹を押さえて視線をウォルトに向ける。

「なっ⁉」

吹っ飛んだ僕を追ってきていたウォルトが、息をつく暇を与えずに巨大な両手剣《グレートソード》を片手で振り降ろしてくる。

ギンッ！

片手なので、さっきのと比べると軽い一撃で、これなら小剣《ショートソード》で受け止められる。だが、僕が受け止めたのを確認すると、ウォルトはあっという間に両手で柄を握ると上段に構えを取り直し、そして連続で振り降ろしてくる。

ギンッ！　ギンッ！　ギンッ！　ギンッ！　ギンッ！

食らえば致命傷になる一撃が雨霰のように降り注ぐ。僕が受け止められなかった瞬間、勝負が付くような怒涛の攻撃だ。

「お前はっ！　その力をっ！　何のために使うんだっ!!」

一撃一撃を繰り出しながら、力強さのこもった鋭い黒瑪瑙《オニキス》の瞳でウォルトは僕に問いかけてくる。

「そんなの……」

息も吐かせぬ連撃を防ぐのに精一杯で、僕に答える余裕なんかない。

「俺はっ！　カイゼルを！　カイゼルを守る！　そのためならっ!!」

これだけの攻撃は、放つ側も疲弊《ひへい》させる。ウォルトも息を切らしながらも、言葉と強い意思を乗せた一撃を放ち続ける。

「僕だっててっ！」

彼の息が上がり、少し力がなくなった隙を見逃さず、僕はしゃがみ込んで蓄えた力を放ち、跳ねながら小剣《ショートソード》を振り抜いて、ウォルトの剣を弾き返す。

「僕だって、みんなを守るために、この力を使うんだっ!!」

僕はそう言いながら、ウォルトの懐に飛び込む。小剣《ショートソード》の間合いになれば、取り回し辛い巨大な両手剣《グレートソード》は不利になる。

「3連瞬斬《トリニティスライサー》!!」

連撃で息が上がっているウォルトに向かって、僕は得意にしている3連撃を放つ。

1発目は巨大な両手剣《グレートソード》の腹に防がれ不発。2発目は隙ができている左脇腹に向けて放つが、ウォルトが咄嗟に跳ね上げた巨大な両手剣《グレートソード》に弾かれ不発。そして完全に無防備になった右脇腹に向けた3撃目を……


カランッ……


僕は片膝を突き、手から小剣《ショートソード》を落としてしまう。ウォルトの重量のこもった連撃を防いでいた手は限界を超え、握力がなくなってしまっていたようだった。

「お前の意思は伝わった。皆を守りたい、それは俺も同じ気持ちだ。お前の中にその強い気持ちがあるのなら、俺はお前と一緒に歩めるだろう」

敵を見るような表情は消え去り、大事な仲間を見るような、少し穏《おだ》やかな表情を浮かべたウォルトが、そう言いながら手を差し出してくる。僕はその手を握って立ち上がる。僕が無事なのを確認すると、ウォルトは踵《きびす》を返して離れていく。

「アル君、ごめんね。ウォルトのやつは不器用で……ただ、アル君の力が暴走して、みんなを窮地《きゅうち》に立たせる可能性を見過ごせなかったようでね。その意思を確認したかったみたいなんだ」

「あ、うん。僕も力に流されてしまっていたところがあるから……」

カイゼルがウインクして手を合わせながら謝罪してくる。僕もリアの家で怒りで我を忘れたことを思い出しながら、今一度、力というものに向き合おうと心に決めつつ答えた。

「あー、お前ら。もう無理だわ」

「全く同感よぉ」

僕たちを見たゴルドー先生とケーニス先生が、呆れを盛大に含んだ溜息と共に僕たちに告げる。

「自習でっていうレベルでもなくなってるな。ここまでできるなら、お前らは実戦でやった方が良さそうだ」

「はぁい、確かにぃ、実戦で高めた方が良い気がするわぁ」

「あぁ、冒険者ギルドに登録して、害獣、野獣、猛獣あたりとやった方が良さそうだ」

「そうしてくれると、助かるわぁ、ゴルドーせんせい？」

「うぉ、しな垂れ掛かってくるんじゃねぇよ！」

「あぁん……つれないぃ」

「が、学園長に話しておくからよっ！」

ケーニス先生につつーと迫り寄られるのを突き放しながら、ゴルドー先生が説明する。冒険者を目指している身からすれば、冒険者ギルドに登録するのは願ったり叶ったりだ。

「外で討伐クエストかぁ、腕が鳴るぜ」

「こんなに早く実戦に入れるなんて、想定外だわ」

「じ、実戦での、け、経験は、だ、大事です……」

「外で戦うのか？　楽しみなのだ!!」

オスロー、リア、キーナ、翠が口々に言って笑い合う。

冒険者登録はみんなにも好評らしい。

こうして僕たちの魔術実践と武術実践の時間は、冒険者としての課外活動をすることになるのだった。

†

「今日の武術実践の授業は冒険者ギルドの登録になるそうよ。制服で校門前に集まるようにゴルドー先生が仰《おっしゃ》っていたわ」

数日後の朝礼の際に、エレン学園長が僕たちに告げた。

「冒険者ギルドの登録証は身分証としてもしっかりとしたものだから、持っていて損はないね」

「危険の多い仕事やけどな」

「でも町を移動する際に、馬車の護衛任務などを受ければ、報酬をもらいながら移動もできるし一石二鳥よ」

カイゼルやイーリス、リアも冒険者ギルドの登録には乗り気だ。カイゼルとリアは貴族なのに冒険者登録に忌避感はないのだろうか？

「学園にいる内に登録できるのは幸運《ラッキー》だな。普通は卒業後だからなぁ」

「そ、それに、ゴ、ゴルドー先生の、引率《いんそつ》が受けられるなら、あ、安心です」

オスローが腕を頭の後ろで組みながらのほほんと発言し、キーナは両拳をグッと握りしめながら発言する。ゴルドー先生はA級冒険者だから、確かに安心だと思う。

僕たちは武術実践の時間になると、指示された通り制服で校門に集まる。少し遅れてラフな格好をしたゴルドー先生がガハハハハと下品で大きな笑い声を上げながら合流してきた。

「じゃあ、行くか！」

ゴルドー先生に先導され、冒険者ギルドに向かうのだった。

冒険者ギルドはアインツの町の四方に走るメインストリートの、南北を貫く道の中央よりやや南側の、利便性が高そうな場所にある地下1階・地上3階の建物だった。

地下には入会やランクアップ、または新人研修の際に使われる訓練場、1階は受付と軽食堂、2階は座学や会議を行う会議室や応接室があり、3階はギルド長《マスター》の部屋などがある。

ゴルドー先生は、気軽に冒険者ギルドの扉を開けると、ズカズカと中に入っていく。僕たちも遅れないように後からついていくと、軽食堂にいた冒険者たちが、興味深げに好奇の視線を向けてくる。

「総合学園の生徒が冒険者ギルド？」

「しかも白の制服だから、特待生じゃないか？」

「だとすると、貴族連中が冒険者ギルドに来たってことか？」

「まぁ、それっぽい雰囲気のやつもいるが、田舎者《いなかもの》っぽいやつもいるな」

僕たちにも聞こえる声で無遠慮な話が伝わってくる。

「おう、久しぶりだな」

「お、お久しぶりです。ゴルドーさん」

ゴルドー先生が受付にいる女性に親しげに声を掛ける。受付の女性が少し顔を引きつらせながら挨拶を返す。

ゴルドー先生はこのギルドで何か問題でも起こしているのだろうか？

「きょ、今日は何の予定で？　単独で達成可能なA級の依頼なんて、そんな気軽にありませんよ」

「今日はオレが依頼を受けに来たんじゃなくて、こいつらを登録しに来た」

「そ、総合学園の生徒をですか⁉」

ゴルドー先生が親指を立てて、僕たちを指し示しながら言うと、受付嬢さんは吃驚《びっくり》した表情で僕たちを凝視《ぎょうし》する。

「あ、あまり、ぜ、前例がないのですが」

「あぁ、こいつらの能力が高すぎてよ。学園の講習じゃもうままならなくてな」

「たまに長期休暇にグループで登録しに来る学生さんとかはいますが、学園公認は初めてですね……」

「ま、実力は俺の方が保証する。登録証の発行と説明を頼むわ」

「で、では、手続きを進めさせて頂きます」

受付嬢さんは机の下から台座に載った直径15㎝《センチメートル》くらいの水晶球を取り出し、カウンターテーブルの上に置く。そして更に人数分の赤茶けた色のカードを取り出し、1枚を台座のスロットに差し込む。

「では最初の人からどうぞ」

受付嬢さんから促されると、誰からやるんだ？　とみんなが顔を見合わせる。

「では私から」

みんなの顔を見回したカイゼルが、ウォルトに目配せをしながら一番乗りを宣言する。ゴルドー先生が脇にどいたのを見てカイゼルが1歩進む。ウォルトが次にやる予定なのか、1歩もそこから動かないので、僕たちは数歩離れた場所からカイゼルの様子を窺う。

「それでは、こちらで名前を入力しますので、名前を教えて頂けますか？」

「………………なんだが、良いかな？」

受付嬢さんから促されたカイゼルが、小さな声で何かの確認を取っているようだ。

「あ、はい。そういう方もいらっしゃいますので、大丈夫です」

「では……カイゼル・ローランドで頼むよ」

「は、はい。カイゼル・ローランド様……っと」

受付嬢さんは手慣れた様子で、台座から飛び出した板に真っ黒いペンのようなものを走らせる。

「次に水晶に手を当てて、少量で良いので魔力を流してもらえますか？　本人確認のために、魔力を走査《スキャン》し、魔力波形を検出しますので」

カイゼルが言われるままに魔力を流すと、水晶球が淡く白色に光る。

「はい。ありがとうございます。問題ないようですね」

受付嬢さんはスロットからカードを取り出して、その表面を確認すると、カイゼルに手渡す。

「身分を証明する大事なものですので、肌身離さず携帯して、無くしたり奪われたりしないようにしてくださいね」

「あぁ、ありがとう」

カイゼルはカードを受け取ると繁々《しげしげ》と眺めながらお礼を言い、カウンターを空けて僕たちの方にやってくる。

入れ替わりにウォルトがカウンター前に行き、手続きを始める。

「このように名前が記載されるみたいだね。魔力波形云々《うんぬん》というのは、ここの数字だろうな」

カードの真ん中辺にカイゼルの名前が綺麗な字で刻印されていて、カードの右下には13という数字が刻まれていた。カードの材質は銅のようだ。

「カードはランク毎に材質が変わってな。下から銅、鉄、銀、金《ゴールド》、白金《プラチナ》、精霊銀鉱《エレメンティウム》、青藍極鉱《アダマンタイト》、白銀極鉱《エルドタイト》、神鋼鉱《オリハルコン》となる。まぁ現実的なのは青藍極鉱《アダマンタイト》級までだろうな」

「ゴルドー先生は青藍極鉱《アダマンタイト》級だよね」

「あぁ、お前の親父と同じだからな。これ以上の等級になると、複数国が認める冒険者にならないと取れないと言われているな。そもそもカードにする金属が希少すぎて、ほいほいと等級を上げられん。あと、行くことはないと思うが、別の大陸に行ってもこのカードは有効だからな」

ゴルドー先生が自分のカードを取り出して、見せながら説明をしてくれる。僕が父さんの等級を思い出しながら聞いてみると、肯定の言葉が返ってきた。

「終わったぞ。次は誰だ？」

そんな話をしていると、手続きを終えたウォルトがやってきて、次の登録を促す。

「じゃあ、僕で」

「お名前を教えてもらえますか？」

僕がカウンターの前に立つと、受付嬢さんが笑みを浮かべながら名前を聞いてくる。僕の容姿を見て浮かべたその笑いが、営業スマイルだけじゃないような気がするのは気のせいだろうか……

「アルカード・ヴァルトシュタインです」

「はい。アルカード・ヴァルトシュタイン様ですね……えぇ⁉　ヴァルトシュタイン⁉」

「あぁ、コイツは《雷迅《らいじん》》の息子だぞ？」

「し、失礼しました」

僕が名前を告げると、受付嬢さんは目を見開いて吃驚《びっくり》した顔をする。ゴルドー先生がニヤニヤした笑みを浮かべながら肯定すると、受付嬢さんは先ほどの可愛いものを見守るような笑みを消して、真面目な顔に戻る。ちなみに、《雷迅》というのは父さんの称号だ。

「い、いや。そんなっ、謝られるようなことはありませんよっ！」

僕が慌てて手と顔を横に振りながら言うと、受付嬢さんは頭を下げながらチラリと僕の表情を確認して、元の姿勢に戻る。

「で、では、登録させて頂きますので水晶球に少量の魔力を流してください」

以前、同じような場で水晶球を壊してしまったので、本当に気を付けながら、少しだけ魔力を流す。

その甲斐《かい》あってか、水晶球は淡い光を放っただけで、特に壊れることもなかった。

「はい。できました……けど、これ……」

差し出された銅のカードには、カイゼルと同じように綺麗な字で僕の名前が刻印されていたが、右下の数字は∞《インフィニティ》と刻まれているようだ。

「す、少し確認してきますね」

「他の学生の登録を続けてくれるか？　ギルド長《マスター》のとこにはオレが行くわ」

受付嬢さんが慌てた様子でカウンターを離れようとしたのを、ゴルドー先生が止める。

「あ、えっと……でも規則が……でも、ゴルドーさんなら大丈夫……かな？」

受付嬢さんが顎に指を当てながら考え、少し逡巡《しゅんじゅん》するが、すぐに頭を切り替えて、ゴルドー先生に依頼する。

「おうよ、コイツとちょっくら行ってくるわ」

僕はゴルドー先生に連れられて、冒険者ギルドの上階に続く階段に向かうのだった。

ギルド長《マスター》の部屋は3階の一番奥にあるらしく、ゴルドー先生は迷いなく部屋の前に立つと、扉をノックする。

「誰だ？」

「ゴルドーだ」

「ん？　珍しいな。入ってくれていいぞ」

部屋の中から、低いけどよく通る男の人の声が聞こえ、ゴルドー先生が名を告げると、入室許可の声が返ってくる。

部屋の中には、スキンヘッドで分厚い胸板と太い両腕を持ち、おおよそ事務仕事が似合わない年配の男の人が、大きな袖付机で書類を眺めていた。一応襟《えり》付きのシャツを着ているがピチピチですぐにでも弾けそうだ。

「何かトラブルでもあったのか？」

「トラブルってほどじゃないんだけどよ。これを」

ゴルドー先生がズカズカと入っていって、ギルド長《マスター》と思われる人に、僕のカードを見せる。

「ふむ……この魔力波形の数字は前例がないものだな」

「コイツはちょっと特殊でな」

「っと、ヴァルトシュタイン!?　関係者か？」

「あぁ、レイオットの息子だ」

「なるほど。だったら訳ありでも大丈夫だろう」

「だろうな。ってことで受付の嬢ちゃんには問題なし、口外しないようにと伝えておくとしよう」

「うむ。それで頼む」

ゴルドー先生はギルド長《マスター》と親しげに話をすると、用が済んだと言わんばかりに踵を返す。

「ほら、アルカード、行くぞ」

ポカーンとしている僕の背中を勢い良く叩くので、僕は咳《せ》き込みながら部屋を出る。


カッ!!

僕とゴルドー先生が階段を降りて1階に戻ろうとしていると、目の前に強烈な白光が迸《ほとばし》る。

「ま、眩しいのだっ!!」

カウンターのところには、台の上に乗って水晶球に手を翳していたであろう翠が、目を押さえて蹲《うずくま》っていた。

クラスメイトも受付嬢さんも同じようにしているところを見ると、光を直視してしまったらしい。

「あー、翠。お前魔力流し込みすぎただろ?」

ゴルドー先生が頭を掻きながら、翠に聞く。

「いや、ちょっとだけだって言われたので、ちょっと流しただけなのだ」

「……ちょっとってどれくらい？」

「んー、昇竜撃《しょうりゅうげき》の半分くらいなのだ」

どうやら、翠にとってのちょっとの魔力は、他の人にとって想定以上だったようだ。

凄まじい光が放出されたが、正常に記録はできており、カードには翠の名前と、竜の刻印が記されていた。

「え？　竜!?」

受付嬢さんが目をパチクリさせながら、翠のカードを二度見する。

「魔力波形が竜《ドラゴン》!?　どういうこと？」

軽いパニックを起こして、頭を抱えながらオロオロする受付嬢さん。

「まぁ、落ち着け。この娘は賢王様《ヴァイゼル》のご息女だから、その装置は正しいぞ」

「あぁ、それならば……って賢王様《ヴァイゼル》のご息女!?」

「な!?」

「え!?」

「ま!?」

事もなげに言い放ったゴルドー先生の言葉に、受付嬢さんどころかクラスメイトまで素《す》っ頓狂《とんきょう》な声を上げて全員固まってしまう。

「あ、これ極秘事項だったわ。悪い悪い」

「す、翠ちゃんって、賢王様《ヴァイゼル》の娘だったの!?」

「んー？　そうなのだー、言ってなかったか？」

「……アルカードくぅん？」

ゴルドー先生が頭をポリポリ掻きながら、反対の手を垂直に立てて、僕にゴメンと謝る。そして、リアがギギギギギ……と僕に向かって首を向ける。

「あ、えーっと、その……」

僕が踵を返して逃げ去ろうとすると、両腕をガシッと捕らえられる。

「まぁ、何か隠しているだろうとは思っていたけどね」

「おい、アル。逃げんじゃねーよ。何となくひでぇ目に遭っているなぁとは常々思っていたんだけどなぁ」

「あはははは……」

左腕をカイゼル、右腕をオスローに掴まれ、僕はがっくりと肩を落として項垂《うなだ》れるのだった。

問題発言ばかり聞かされて思考停止していた受付嬢さんには僕のことと併せて、翠のことも口外無用とギルド長《マスター》に命令してもらった。

「アル君。詳しい話は学園に戻ってから聞くからね」

「そうそう、包み隠さず全てを話してもらうぜ」

笑顔を貼り付かせたままのカイゼルとオスローに腕を引っ張られながら、僕は学園に戻るのだった。


学園に戻ると既に昼休みに入っており、噴水の周りで学園生が食事を取っていた。まずは腹ごしらえと僕たちは食堂に行き、食事を済ませてから教室に戻る。

「で、どういうことなのよ？」

僕と翠が席に着いたのを見計らって、みんなが僕たち2人の周りに集まり、リアが辛抱《しんぼう》できないと僕に問いかけてくる。

「実は……」

僕はみんなの視線が集まる中、説明を始める。

受験の時に放った技が翠の家族の住処を破壊したこと。その報復に翠が来たこと。そして翠に連れられ、住処を修復したこと。その後、入学式の前に翠が迎えに来て、翠の両親である賢王《ヴァイゼル》様と竜妃《ケーニギン》様に会って、翠のことを頼まれたことを話していく。

僕の説明が進むほどに、カイゼルとリアは溜息が増え、天を仰《あお》ぐ頻度が上がっていった。

「何で言ってくれないのよっ！」

「それには同意だが……言ってくれたところで信じたかどうか。また信じたとしても、今と同じ対応を翠嬢にできていたかというと……」

「た、確かに、さ、最初に言われて……たら、線を引いていたかも……しれません」

「まぁ、少し付き合えば、なんか違うなとは思うけどな。兎《と》に角《かく》戦闘力が段違いだったからな。竜種っていうなら納得の強さだぜ」

リアが責め立ててきたが、カイゼルやキーナ、オスローが事情を鑑《かんが》みてくれた発言で、彼女の感情を落ち着かせてくれる。

そうして、みんなが納得して翠のことを受け入れてくれた。こんなことになるなら早く相談しておけば良かったと、僕は少し反省するのだった。

第06話　学園祭の準備

「カイゼル、ちょっと相談なんだが。学園祭は何をするか、まだ決まってなかったよな？」

日々の授業や訓練、冒険者活動に勤《いそ》しみ、そろそろ学園祭の出し物を決定しなければならなくなってきた頃、オスローが口火を切ってカイゼルに話しかけた。

「あぁ、魔法の研究発表か、領地経営の研究発表にしようかって考えていたところだな」

「そうなのか？　悪いが違う内容になってもいいか？」

「ん？　まぁみんなの意見次第じゃないかな」

「簡単に食事ができるように軽食屋みたいなのがやりたいんだが」

「んん!?　何を突然藪から棒に？」

「いや、実はさ……実家が手違いで小麦を仕入れすぎちゃってさ……」

オスローが鼻の頭をポリポリ掻きながら申し訳なさそうに告げる。

「な、なるほど」

「あ、あと、課外実践のついでに森の奥に生息する珍しい動物を狩ってきて、その料理を出すとかしたら、訓練にもなるし目新しいし、いいと思うんだよな」

「へぇ……私的な事情で決めるのはどうかと思うけど、それはそれで楽しそうだし、物珍しさもあっていいんじゃやない？」

面白そうとリアが会話に加わってくる。

「となると、メニューや衣服、場所と設備の用意、場所取りやら色々せなあかんな。特に客を寄せるなら場所が大事やな」

「場所や設備は明日すぐにでも手配しなくてはいけないね。昨日も確認したところ、一等地はすでに埋まっていたが、まだそれなりの場所は空いていたようだよ」

商売の話と聞いて、イーリスも首を突っ込んでくる。

「メニューは軽食となるとパンに何かを挟んだものとかが手軽で良いだろう。となると、そちらはオスローの専門分野だから任せても良いかい？」

「おうよ。任せておけ。客寄せするんだったら、チラシや広告も必要になるんじゃないか？」

「そうだな。そちらはキーナが最適だろう」

まだ決まったわけでもないのに段取りを進めるカイゼル。

「は、はい。人目を引く広告を作ってみます」

「衣装はウチに考えさせてもろてええか？」

「あぁ、いろいろな町を見て回っているイーリスの知見を活かした、良い提案を期待するよ」

話を振られたキーナが快く引き受け、イーリスも非常に乗り気になっている。

「じゃあ狩る動物と場所は僕が考えるね。町の南側の森で狩るなら、実家の方で生息している動物たちと似ていると思うから」

「あまりやらかさないプランで頼むよ」

狩場の選出は僕が立候補した。故郷の村の冒険者ギルドで手伝っていた経験が活かせそうだ。

「っていうか、オレの意見で話が進むことになってしまっているんだが、みんないいのか？」

「実際、魔法の研究発表や領地経営の研究発表が、しっくりきていなかったからな。それもあって結論を先延ばししていたところもある。逆にオスローのアイデアが、みんなをとても乗り気にさせたので助かったところだな」

少し心配そうにしていたオスローにウォルトが安心させるように告げる。

こうしてトントン拍子に役割が決まり、翌日にはカイゼルが学園祭実行委員会に交渉《こうしょう》し、無事に軽食屋用のスペースを確保することができた。

「とりあえず、一番それっぽいところを確保してきたよ」

教室に戻ってきたカイゼルが、いつもの髪をかきあげるポーズで得意そうに告げる。

「へぇー、どこが空いてたの？」

すかさずリアが質問すると、ニヤリと笑って窓の外を指さす。

「校庭？　菜園？」

リアが聞くが彼は首を横に振る。

「軽食……いわゆるカフェやお茶会と言ったら庭園《ガーデン》だろう？　中庭の一等区画が空いていたので取ってきた。何処も手を出していないのは調査済みだったからね」

「お、屋外だと天気に左右されるんだけど、大丈夫なんですか？」

得意そうに語るカイゼルに、キーナが心配そうな声をかける。

「そこら辺はあれだ。みんな良い案はないかな？」

「せっかくなら景観を損なわないようにしたいわよね。私の実家に行った時に、湖で使ったような半開閉のテントなんてどう？」

「あぁ、あれか。屈まなきゃ入れなかったけど、発想としてはいいと思うよ」

リアとカイゼルが話を進めていると、イーリスが何かを思いついたらしく口を開いた。

「じゃあタープなんかどうやろ？」

「タープ？」

「上を覆うだけのテントみたいなもんや。横からの風雨には弱いけど、上からの陽射しや雨には有効やで？　支柱を長くとっとけば、立ったままでも入れるさかい」

「なるほど……それは有効そうだね」

「この辺でちょうどえぇのが売っているかどうか微妙やけどな」

「とにかく探してみるとしようか」

場所と設備はスムーズに決まったので、僕たちは学園祭の準備を手分けして進めることにする。

メニューの選定や調理方法の確認は、オスローとリアと翠、仕入や当日の段取りはカイゼルとウォルト、宣伝広告のチラシや看板、衣装のデザイン等はキーナとイーリスが進めることになった。

僕の担当はというと設備と材料集めになっている。

なぜ設備担当かというと、町では丁度良いタープや衣装が置いておらず、どうしようかと悩んでいたところ、眼鏡さんが地下施設が完成すれば簡単に作れるはずと提案してきたからだ。

僕がそのようにカイゼルに伝えると、彼は少し顎に手を当てて考え込み、日常に使う道具なら突拍子もないバランスブレイカーなものにならないだろうと、許可してくれたのだった。

そういった経緯もあり、僕がグランを連れて地下施設に向かうと、見慣れない2人の人物が僕を迎え入れてくれる。

「「いらっしゃいませ、所有者様《マスター》」」

何者だろうと僕が近付いていくと、落ち着いた男性の声と、透き通るような若い女性の声がユニゾンして聞こえてきた。

「あ、えっと……誰？」

「私が先日、製作頂きました魔導人形《ゴーレム》です」

「え？　容姿が全然違うんだけど⁉」

目の前にいる2人は、どう見ても人間にしか見えない容姿をしていた。

男性の声がする方は身長が180㎝《センチメートル》くらいあり、灰色の髪をオールバックにして、落ち着いた雰囲気を持っている。年齢で言うと40歳くらいに見える容姿だ。執事服《しつじふく》をビシッと着こなし、糸のように細い目で柔らかい笑みを浮かべていて、どことなく父さんに似ている気がする。

一方女性の方は160㎝《センチメートル》と小柄で、長い金髪《バターブロンド》をポニーテールにして垂らしている。好奇心旺盛っぽい大きな青い瞳が特徴だ。特徴と言えば更に目立つのが、頭に付いた少し湾曲《わんきょく》した丸い耳……グランにそっくりな耳がぴょこんと生えている。

そして胸元が大きく開き、膝が全部見えるくらいの短めのワンピースに、首元と肩を隠すようなボレロ。ハイウエストのエプロンは、背中側の大きなリボンで括っているようだ。

露出している手足にはグランと同じ灰色と白のフワフワの毛を纏わせていて、髪の色やスタイルは、何だかリアを彷彿《ほうふつ》とさせる容姿に見える。

「初めまして、所有者様《マスター》。主に施設の維持管理を担当する魔導人形《ゴーレム》になるニャ。以後お見知りおきくださいだニャ」

僕に向かって透き通るような声で言い、丁寧なお辞儀をしてくる。

「高性能魔導人形《ゴーレム》としては私だけでは手が回らなかったので、自分の性能情報《スペック》を元に彼女を構築しました。お手数をおかけして申し訳ございませんが、自分と女性型魔導人形《ゴーレム》に通称を付けて頂けると助かります」

突然、そんなお願いをされて僕は戸惑ってしまう。なんか良い名前がないか考えてると、以前読んだ騎士の叙事詩《エピック》が思い出された。その主人公の騎士とそれに仕える従者の女性の名前が確か……

「じゃあ執事っぽい男性の方はナイジェル。メイドっぽい女性の方はニーナでどう?」

「ありがとうございます。良い響きの名前だと思います」

「所有者様《マスター》から名前を頂戴《ちょうだい》できるなんて幸福の極みですニャ」

２人が感動したような表情を浮かべながら、僕の付けた名前を受け取る。

「では、自分の通称をナイジェルで登録いたします」

「私はニーナで登録させてもらいますニャ」

２人は胸に手を当てながら数秒目を閉じる。

「登録されました。以後、施設でご用命があれば、ナイジェルとニーナをお呼びつけください」

「よ、よろしくお願いします」

そのまま２人は丁寧なお辞儀をしてくるので、僕も頭を掻きながら頭を下げる。

「耳はネズミなのに語尾はニャなの？」

「そうなのですニャ」

「……魔導人形《ゴーレム》というか人造人間《ホムンクルス》っぽい下地に、メイドにネズ耳、語尾がチュウじゃなくてニャとか、属性盛りすぎなんじゃないかと思うんだけど！」

「そう生まれてしまったんだから仕方ないニャ。諦めるニャ」

語尾が気になったことを伝えると、諦めるように諭《さと》されてしまう。

「すみません……思考モジュールの魔晶球《オーブ》を作製する時の焼き込みが不十分だったせいか、言語が少し不安定になってしまったようです」

ナイジェルが申し訳なさそうに謝罪する。

「あ、ま、まぁ、他に暴走するとかの問題がなければいいんだけど……しかし、肌とか本当に人間と見分けがつかないな……」

「施設内に落ちていた所有者様《マスター》の髪の毛から生体情報を抽出し、それを培養《ばいよう》して作られた被膜《スキン》を装着しております。温度も36・5℃に設定しておりますので、触っても違和感はないと思われます」

ナイジェルはそう言うと袖をまくって腕を差し出してくる。

恐る恐るナイジェルの腕に触れてみたら、鍛えられている人間の肌のようなハリと触り心地だ。

「ニーナの方は女性型でしたので、所有者様《マスター》の生体情報とは合わないため、施設の入り口に落ちていた金髪《バターブロンド》の髪から抽出して培養しました。この生体情報がニーナの骨格にマッチしておりましたので決定しました。そして培養する際に、別の毛が混入してしまったため、ニーナの被膜《スキン》は獣人に近い容姿となってしまったのです」

ニーナがリアとグランに似ているのは、彼らの生体情報を元に作ったからか。僕はある意味なるほどと納得する。

「さて、所有者様《マスター》。鍛冶施設周りは、ほぼ完成しているのですが、確認されますか？」

「本当？　是非見たい！」

「承知いたしました。こちらへどうぞ」

僕の反応を見たナイジェルが柔和な笑みを浮かべると、施設の奥へと案内してくれる。

鍛冶施設への通り道は、以前と変わりないが、通路を照らす明かりの数は増えていて以前より明るくなっている。それぞれの部屋の入り口には扉が設《もう》けられて、中は覗《のぞ》けなくなっていた。

鍛冶施設の隣の鉱石保管庫も扉が設置されていた。鍛冶施設に入ると、鉱石保管庫に続く道が塞《ふさ》がれていて、代わりに壁に、文字が発光しているパネルが備え付けられていた。そして反対の壁には新たな扉ができていた。

「この文字盤《パネル》を操作すると、炉の横の穴から、素材が出てきます。ある程度の数は延べ棒《インゴット》化しておりますので、すぐに使えると思います。反対側の扉は武具庫となっており、作られた武具を収めて置いておけます。とりあえず鋳造品になりますが、いくつかの試作品を収めてありますので確認しておいてください」

僕が部屋に入ると、ナイジェルが説明してくれる。炉の周りで僕が作業していたものには、あまり手を付けておらず、色々不便だったところを改修してくれているように見える。

「これはずいぶんと便利だね。これで作業が捗《はかど》りそうだよ。ありがとう、使ってみるね」

僕はまず文字盤《パネル》の前に行ってみる。黒い板には光るいくつかの文字が並んでいて、どうやら鉱石や宝石が一覧表示されているようだ。

その中には僕が見たことも聞いたこともないような鉱石の名前もあった。とりあえず見知っていた、精霊銀鉱《エレメンティウム》と青藍極鉱《アダマンタイト》の延べ棒《インゴット》を選択してみると、すぐに炉の横のスリットから、銀色に光る延べ棒《インゴット》と青色に輝く延べ棒《インゴット》が排出される。

手に取って確認してみると、僕が加工した時よりも、綺麗に均等に精錬された延べ棒《インゴット》のように見えた。

「凄い！　これならすぐに武器製造できそうだよ！」

僕が興奮気味にナイジェルに話しかけると、彼はとても嬉しそうに頷く。

そして、反対側の扉を開けてみると、先まで見通せないほどの棚が並んでいる部屋だった。これだけの広さがあれば、千個以上の武具が格納できるのではないだろうか。その中の手前の２つの棚に銀色と青色の武具が陳列《ちんれつ》されていた。

「すぐに試せるように、同級生の使用している武具に近しいものを鋳造しておきました」

僕の小剣《ショートソード》と小手《ガントレット》、オスローの斧槍《ハルバード》と小盾《バックラー》、リアの小剣《ショートソード》と殻付き短剣《マンゴーシュ》、カイゼルの細剣《レイピア》にウォルトの巨大な両手剣《グレートソード》、キーナの両手杖《スタッフ》にイーリスの弩《クロスボウ》が、精霊銀鉱《エレメンティウム》製と青藍極鉱《アダマンタイト》製で用意されていた。

自分の小剣《ショートソード》を少し振ってみたが、握りもバランスも問題なく、すぐにでも使えそうだった。

今後、ここから武具を取り出すことがあるだろうと思ったので、僕はこの部屋を〈魔法陣付与《エンチャントマジックサークル》〉で定義し、〈有効化《アクティベート》〉しておくのだった。

そして、ナイジェルにタープや衣装を作りたいと伝えると、少し考えこむそぶりを見せた後、用意できますと答えが返ってくる。

学園祭で使うし、多くの人の目にとまるので、希少金属や〈付与《エンチャント》〉は使わないようにと念押しをしてお願いして、地下施設を後にするのだった。


次の日、地下施設で新しい武器を確認した僕は、今度の課外実習の時にそれらの武器を使うことを提案する。

人数分の青藍極鉱《アダマンタイト》製の武器を用意した僕に、相変わらずカイゼルとリアが頭を抱えていたけど、夏休みに敵対した魔蟲将《インセクトジェネラル》とやらが出てきたらと考え、それに対抗できる武器は必須だろうということで目を瞑ってもらった。

だが青藍極鉱《アダマンタイト》製の武器はとても希少価値があり、凄く高価なので、普段持ち歩くには目立ちすぎるし危険だ。そのため基本的に、森に入ってから僕が〈物質転受《アポート》〉で呼び寄せて手渡しすることにする。

課外実習では、郊外の森で狩りや採取をしながら、武器の使い心地を確かめ、身体に慣らしていった。

†

課外実習は冒険者ギルドで依頼を受けるのだが、僕たちは銅ランクなので、受けられる依頼は難易度が低めのものだけだ。その中で多いのは、村にまで出てくるようになった害獣の駆除《くじょ》依頼だ。

郊外の森は食料が豊富にあり、村に害獣が出てくることは少なかったと聞いているんだけど、最近は森の浅いところに出没する獣たちが畑の農作物を食い荒らしているらしい。

主に鹿《しか》、猪《いのしし》、鼬《いたち》、土竜《もぐら》といった小中型の害獣になる。これらの依頼は駆除自体で依頼料をもらえて、その上で駆除した害獣は、必要であれば自分たちの成果物にできるから一石二鳥だ。

というのも、僕たちの考えている学園祭の軽食屋で出す料理の具材には、これらの鹿や猪の肉が必要となるからだ。

そして丁度良い依頼がない時は、常時依頼の植物採取や指定猛獣の討伐を行う。これも学園祭の軽食屋の料理に使う香草《ハーブ》や、特別料理に使う普段食べられない猛獣の肉を手に入れられるからやはり一石二鳥になる。

そんなある日、適度な害獣駆除の依頼が見当たらなかったので、常時指定の猛獣討伐依頼をこなすことにして、森の奥へと入っていく。常時指定の猛獣討伐依頼とは、指定の猛獣を討伐し、その証拠となる部位を持ってきたら報酬がもらえる依頼で、特に契約やノルマはない。

父さんたちと行った多頭毒蛇《ヒュドラ》討伐の経験も活かしつつ、何度も森に繰り返し入ることにより、僕たちはかなり手慣れた感じで深い森の奥に進むことができるようになった。

そして僕は不意打ちを避けるために〈詳細検索《ディティールサーチ》〉を掛けている。そんな僕の〈詳細検索《ディティールサーチ》〉が前方にいる何かに反応を示す。

「ん？　この先に何かいるみたい」

「この先？　場所的には岩山の側か？」

僕が反応をみんなに伝えると、地形をある程度把握《はあく》しているオスローが尋ねてくる。

「うん。多分、その辺」

「そこは少し開けているからな、普段からそれなりの量の獣がいたはずだ」

「うん。でも普通は数匹の群れとかでいるんだけど、今日は1匹みたいだよ」

「1匹……なら気を付けないといけないわね」

カイゼルが気にすることではないと口にするが、僕が言葉を続けて1匹であることを伝えると、リアが真剣な声色で警戒を促す。

弱い獣たちは自分の身を守るために群れを形成する。だが強い猛獣たちは、大体1匹だ。1匹でも後《おく》れを取らない強さと、餌の問題、なわばり意識などがあるからだろう。

岩山の傍まで進み、僕たちは警戒しながら慎重に進んでいく。そして岩山のところにいたのは、体中が岩で覆われた、体長5m《メートル》はあろうかという巨大な猪だった。

『ほう、俺が知っているのと同じかどうかは分からんが岩石猪《ロックボア》じゃねぇか。表面の岩石はえらい硬いが、そのかわり中の肉は柔らかくて旨かったはずだ』

『燻《いぶ》した岩石猪《ロックボア》の肉と酒は良い組み合わせだったのぅ』

『爺さんのとこにもいたか』

『お主と同じで、同じ生き物かどうかは分からんがの？』

筋肉さんと龍爺さんが岩石猪《ロックボア》を見て盛り上がる。眼鏡さんは珍しく2人のやりとりを黙って聞いているようだ。

「なんだ、あのでかいやつ？　初めて見るな」

「表皮を岩が覆っている。とても硬そうね。物理攻撃より魔法攻撃の方が良いかしら」

「で、でも、魔法だと、じょ、状態が悪くなるかも……です」

オスローとリアが岩石猪《ロックボア》を見ながら呟くと、キーナが心配そうな声で続ける。

「あの巨体、頑丈そうな牙と重そうな体躯……あれで突進をまともに食らったらやばそうだな」

「ほえー、凄いでかいのだ。そして旨そうなのだ！　じゅるり」

ウォルトが少し視線を上げて確認し、僕の前まで来た翠が涎《よだれ》を垂らしながら身体をウズウズさせる。

「魔法も使い方次第だな。相手が猪ならば、知恵のある反応はすまい。発動をタイミング良く合わせる必要があるが、突進してきたら〈地烈陥没《ガイアコラプス》〉で地面を陥没《かんぼつ》させ、我々と猪の間に〈地の壁《アースウォール》〉を数枚重ねれば、勝手に倒れてくれるだろう」

「まぁ、獣相手ならそれで充分やな」

いつも通りカイゼルが大まかな戦略を立て、イーリスをはじめ、僕たちみんなが頷く。

「では、戦闘準備をしつつ全員が森から出たら、イーリス嬢、弩《クロスボウ》で敵の気を引いてもらいたい。そしてそれに合わせて、キーナ嬢が〈地烈陥没《ガイアコラプス》〉、リア嬢と私で〈地の壁《アースウォール》〉を重ねる。突破された時の盾役《たてやく》としてオスロー君、主攻撃は翠《すい》嬢、副攻撃がウォルト、遊撃《ゆうげき》がアル君だ。ちなみに周りに他の敵はいないかい？」

カイゼルの確認に僕は大丈夫と答える。

「キュィ、キュッキュィキューキュ（主《マスター》が後詰《ごづめ》とか不埒《ふらち》極まりないのである！）」

僕の肩の上でグランが文句を言っているが、妥当な戦略だと思う。

「では行くぞ！」

カイゼルの掛け声で僕たちは岩山の下の空き地に飛び出して、それぞれの行動を開始する。

岩石猪《ロックボア》との距離は50ｍ《メートル》ほどだろうか。あの巨体の全力突進なら数秒でここまで至るはずだ。

手はず通りにイーリスが弩《クロスボウ》に番《つが》えた太矢《クォーレル》を放つ。雑な狙いの定め方だったが、太矢《クォーレル》は一直線に岩石猪《ロックボア》の目を射貫く。

Ｇｙａｏｏｏｏｏｏ!!

絶叫を上げた岩石猪《ロックボア》は、首を左右に振り太矢《クォーレル》を放った標的を探す。そして、茂みから飛び出した僕たちを見つけると、その大きな蹄《ひづめ》で、地面を激しく掻く。

「来るぞ！　みんな手はず通りに！」

キーナが目を閉じて集中し、魔力を練り始める。リアとカイゼルも手を眼前に突き出して、いつでも〈地の壁《アースウォール》〉を発動できるように準備する。

ＵＧａａａａａａａａ!!

大きな叫びで威嚇《いかく》しながら岩石猪《ロックボア》が僕ら目掛けて突進してくる。まさに猪突猛進《ちょとつもうしん》という言葉がピッタリとくる猛烈な勢いだ。

「〈大地《Gaia》よ！　彼の場所《Target》を　陥没《Collapse》させよ！　地烈陥没《ガイアコラプス》!!〉」

キーナが発動させた魔法は、岩石猪《ロックボア》の目の前の大地に巨大な穴を穿《うが》つ。

ボコッ!!

ドッッッッ！　ベキィィィィィッッッ!!

「え？」

「あ？」

「お？」

岩石猪《ロックボア》の突進は物凄く、一気に陥没した穴を越えそうになったが、次の1歩が空を切る。勢いだけで頭部は穴を越えられたのだが、その胴部は穴の縁《ふち》に激突し、その衝撃で首の骨がへし折れる。

ズウウウウウンンッッ！！！

一瞬で絶命した岩石猪《ロックボア》が土煙を上げて穴の中に落ちていく。

「この難敵を魔法1発とは……キーナ嬢成長しているね」

「え、あ、いや、その……」

すかさずカイゼルがキーナを褒めるが、彼女は顔を真っ赤にして俯《うつむ》いてしまう。

「魔法が凄いっていうより、コイツがバカだっただけじゃねぇのか？」

オスローが呆れた顔をしながらツッコミを入れる。

「兎に角、楽に狩れて良かったやないか。この調子でどんどんいきたいもんや」

「そうね。まだ日も高いし、さっさと処理をして次に行きましょう」

「動き足りないのだー!!」

「じゃあ翠。下に降りて岩石猪《ロックボア》の足にロープを巻いてきてくれる？」

「分かったのだっ!!」

イーリスとリアが警戒を解く。その横で暴れられなくて不満を露わにしていた翠にお願いすると、一瞬で機嫌が直って陥没した穴に飛び込んでいく。

そして足首に巻いたロープを翠と一緒にたぐり寄せながら、巨大な岩石猪《ロックボア》を穴から引きずり上げる。

膂力が尋常じゃない翠と、魔力で身体を強化した僕とオスローとウォルトの4人掛かりで、何とか穴から引きずり上げることができた。

グランは僕の肩の上でひたすらキュィキュィと応援していた……凄く邪魔だったんだけどね……

そして首だけ穴の上に浮かせた状態で、首筋を小剣《ショートソード》で切断し、血抜きを行う。

これだけの巨体だと、木に吊り上げても枝が折れそうだし、大量の血の匂いで猛獣の群れを引き寄せる可能性があるので、〈地烈陥没《ガイアコラプス》〉で空けた穴の中に血を流し込んで、後で埋めようと思っている。

無事血抜きできた岩石猪《ロックボア》は〈物質転送《アスポート》〉で地下施設に送っておいた。こんな巨大な素材を全て持って帰るのは不可能だからね。

ちなみに岩石猪《ロックボア》は常時指定の猛獣討伐依頼の中に入っていなかったので、残念ながら依頼をこなすことはできなかった。

こうして数体の獲物を狩った僕たちは、この獲物を使ってどんなメニューを作ろうか相談しながら学園への帰途につくのだった。

†

「あのー、アル君。確かに私は地下施設の建造を許可した。だが、これは何だ！　またもや失われた技術《ロストテクノロジー》か!!」

カイゼルがまたもや髪を掻き乱して叫んでいるのは、魔導人形《ゴーレム》であるナイジェルとニーナを紹介したのが原因だ。

「い、いや。あの、ちゃんと報告するようにって言われたから……」

「あぁ、言ったさ！　言ったとも!!　それはやった後じゃなくてやる前にって意味でね!!」

「あぁ……そういうことか。ごめんなさい」

どこからどう見ても人間や獣人と見分けが付かないナイジェルとニーナが魔導人形《ゴーレム》と知って、顎が外れるほどの驚きを見せた後、頭を抱えてしまっていたのだった。

「で、ほぼ人間と見分けが付かないのは分かったとして、どれくらいの性能《スペック》なんだい？」

「そうですね……亜竜くらいなら無傷で単独討伐できる程度です」

「あ、亜竜？」

「はい、飛竜《ワイバーン》とか暴竜《ティラノ》くらいの強さですね」

カイゼルの質問に、ナイジェルが事もなげに回答する。

「い、一個小隊レベルか……しかも飛竜《ワイバーン》までやれることを考えると、魔法小隊扱い……50名の魔術士相当……」

「カイゼル。頭を捻っても、どうにもならん。機密にするしかあるまい。幸い見た目は全く人と変わらんから、とりあえずは知らぬ存ぜぬで通しておこう」

苦悩するカイゼルに、無表情になりながら諭すウォルト。

「そ、そうだな……今更壊せとか封印しろとか言えないし、施設を作るために必要と言われれば、それはそれで仕方ない。魔蟲将《インセクトジェネラル》を想定した戦力の強化は必要だからな」

カイゼルはそう呟いて自身を納得させる。

「2人ともなんか強そうなのだー、今度翠と戦ってみるのだっ！」

空気を読まずに、翠がナイジェルとニーナの服の裾を引っ張りながらお願いしている。

「なぁなぁ、このメイドはん、リアに似とらんか？」

「そ、そうかしら？」

「あ、頭に、ネ、ネズミの耳？　が、つ、ついてます」

そして1歩引いて成り行きを見守っていた女の子たちが、ニーナを見ながら話し合っている。

「とりあえずご納得いただけたようなので、改めて自己紹介を。私は執事型魔導人形《ゴーレム》で名をナイジェルと申します。この地下施設全ての建造、拡張、管理を行う者です、以後お見知りおきください」

「ワタシはメイド型魔導人形《ゴーレム》のニーナだニャ。主に施設の維持管理をしているニャ」

2人は丁寧なお辞儀をすると、見識を深めるためにみんなからの様々な質問に答えていく。

一通り質問が終わると、頭を抱えるカイゼルとウォルトとリアを余所に、他のみんなは気楽な顔をして寮への帰途につく。

「これ、かなりヤバい事案よね？」

「あぁ、地下施設だけでもアウトだが、魔導人形《ゴーレム》も加えると試合終了レベルだ」

「黙って隠していても、いずれどっかで問題になる気がするな……」

「学園祭に私の関係者が来る予定だから、そこで相談しようと思っている」

「そこら辺で事前に知らせておくのが賢明だな」

寮への帰り道でリアとカイゼル、ウォルトが息を潜めながら会話をする。

「しっかし、何でメイドでネズ耳で語尾がニャなんだ？　アルの趣味か？」

「ち、違うよっ！」

貴族組の相談に気付かないオスローが、メイド型魔導人形《ゴーレム》に対してのツッコミを入れ、タジタジしてしまう僕だった。

学園祭で出すメニューはオスローとリアと翠が考えていて、その内容を聞いたら普通の器具では提供が難しいものがいくつかあった。

僕は眼鏡さんや龍爺さんと相談し、それらを実現できる魔導具の製作を行うことにした。基本的には最適な鉱物で部品を作り、動力となる魔晶球《オーブ》と、効果を発動させる魔晶球《オーブ》を組み合わせて動作させる。

必要な魔導具は強制対流式熱釜《コンベクションオーブン》と恒温恒湿器《サーモハイロスタット》、炎熱機《ホットプレート》、氷結庫《フリーザー》、粉砕機《ミキサー》、通信機《コミュニケーター》だ。

強制対流式熱釜《コンベクションオーブン》は大量のパンを焼く魔導具、恒温恒湿器《サーモハイロスタット》はパンの熟成発酵《じゅくせいはっこう》を正確に促進する魔導具、炎熱機《ホットプレート》は具材を焼くための魔導具、氷結庫《フリーザー》は具材を凍らせる魔導具、粉砕機《ミキサー》は具材を粉々に砕く魔導具、通信機《コミュニケーター》は厨房《ちゅうぼう》と受付、品出しをスムーズに連携するための魔導具になる。

通信機《コミュニケーター》以外は、炎、風、氷の魔法を具現化する魔晶球《オーブ》の出力の強さを調整し、組み合わせることで実現した。

通信機《コミュニケーター》だけは特殊で、音声を特殊な魔力波に変換して発信、受信した魔力波を音声に戻すという複雑な算術魔法式を積層型魔法陣《ラミネイテッドマジックサークル》で焼き込んだものだ。この魔晶球《オーブ》をイヤーカフに取り付けたのが、『遠話《えんわ》のイヤーカフ』という魔導具になる。

そういった魔導具を製作したりしながら毎日を過ごし、お願いしていたタープなどが完成したとナイジェルから聞いたので、格納してあるという倉庫に向かう。

倉庫前に着くとナイジェルが少々お待ちくださいと1人で倉庫の中に入っていき、しばらくしてから、大きな布が巻き付いているいくつかの棒を、両手で抱えながら持ってくる。見た感じかなり重そうだが、特にそんな仕草はない。

ナイジェルはどうぞとその金属の塊を僕に差し出してくる。こんなに重そうなものは持てないんじゃないかなと思いながらも、それを受け取ってみると、想像していたより軽く、持てないほどではなかった。

また希少な金属を使っているのではないかと不安げに思っていると、ナイジェルが説明を始める。

「金属は筒状やハニカム構造を採用しているので見た目より軽く、頑丈に作られています。布地は洞窟に住む大蝙蝠《ジャイアントバット》の被膜《ひまく》を繋ぎ合わせて加工しました。軽いのですが日差しと雨を遮《さえぎ》れます。大きさはそれなりにありますが、その割には軽く、展開は簡単です」

ナイジェルはそう言うと、床に布を広げて四隅に筒を配置する。筒の下側のボタンを押すと、筒の一部が展開して筒を自立させるので、4本とも同じようにする。

そして筒の真ん中に付いているボタンを押すと布部分が持ち上がり、一瞬でタープの形になる。

四方は吹き抜けになっているので開放感があり、この下にテーブルセットを置けばオープンカフェにできそうだ。

「大小や外装違いで、6セットほど用意しましたので、スペースに合わせてご活用ください。こういった硬い床の上ですと柱が少々不安定ですが、野外でしたらこの展開した足が地面に埋まりますので、安定します」

こうして最も欠かすことができない大道具が用意できたのだった。

まずは試作品をみんなに見せて、設置のイメージを固めた方が良いだろうということで、台車で寮まで運ぶことにする。

更に簡易組み立てテーブルと椅子もサンプルを作っておいてくれたので、これまた台車に積んで寮まで運んでおく。

みんなが帰ってきたら展開して、どう配置するか相談しよう。

イーリスがデザインした衣装の方もできているということなので、後で取りに行こうと思う。

何とか明るい内にみんなが寮に戻ってきたので、中庭でテラスセットを展開してみることにする。

僕も既に見た大きめのタープを展開すると、みんなも最初見た僕と同じように吃驚《びっくり》していた。

魔法も使わずにボタン1つで、かなり大きいタープが出来上がるのは壮観《そうかん》だ。

僕が最初に見たタープの大きさは長辺が15m《メートル》、短辺が10m《メートル》くらいあるもので、6名掛け長机が

6つくらい並べられるくらいの大きさだ。

続いて小さめのタープを展開すると、意匠《いしょう》を凝らした屋根を持っていて、柱にも意匠が施《ほどこ》されている。丸テーブル1つを4人がゆとりを持って囲める程度の大きさで、VIP向けに丁度いいスペースができそうだ。

あとは、10名くらいが入れる中規模のグループ向けのタープがあり、大きめ、VIP用、中規模がそれぞれ2つずつで合計6個のタープだった。

なので、全部敷地内に展開できると約100名が着席できる計算だ。あと、それぞれのタープの屋根の部分には丸い筒が横に取り付けられていて、そこから紐《ひも》がちょっと出ており、その紐を引っ張ると布が足元まで降りてくる。

このおかげで悪天候や天候が良すぎる場合でもバッチリなタープになっている。

特に魔法も掛かっていないように見えるし、僕たちは安心してこのタープを利用することにした。

「このサイズなら、確保したスペースに上手く配置することができるね。テーブルと椅子が足りないようだけど、これは後から補充できるのかい？」

カイゼルが満足して頷きながら聞いてくるので、僕はサンプルに一部を持ってきただけで、全ての席分は用意されていそうだったことを伝える。

「そうだね。衣装もできていたよ。食事の後にでも見てみる？」

「そうね。早く着てみた方が良いんじゃないかしら？　スペアがあるようなら、それを着て練習した方が本番のイメージができるような気がするわ」

「というか、男の分もあるのか？」

僕の提案にリアが同意し、オスローが疑問を口にする。

「うん。何か男女両方で用意してあるみたいだよ」

「そうなのか？」

僕がオスローの疑問に答えると、ウォルトも確認してくる。

「まぁ、行ってみれば分かることだね。とりあえずタープを片付けて食事にしよう」

カイゼルが軽く提案すると、みんなは素早く後片付けをして食事を済ませ、魔法訓練施設に向かう。

そして僕が予《あらかじ》め衣装を運び込んでおいた魔法訓練施設の更衣室に入っていく。

「ぶはははははっ！！！　アル！　何だそれ⁉」

衣装に着替えた僕を見るなり、オスローは目尻に涙を浮かべて大笑いする。そんなオスローに僕は頬を膨らませて不機嫌を露わにする。

「うむ。確かにアル君の魅力が前面に押し出されているね。良いと思うよ」

カイゼルも僕の頭の先から足下を眺めて、笑いを堪えながら無責任に高評価する。

僕の衣装は学園の制服のデザインを踏襲した紺のベストと、それと何故か半ズボン、蝶《ちょう》ネクタイのセットで、小さい子供が祭典で着るような格好だった……

「というか、カイゼルのそれ、凄いね」

「だろう？　気品溢れる私にはピッタリの一品だと思ったよ」

デザインは僕のものと同じだが、真っ赤なベストだ。その装飾は金や黒の糸で縫《ぬ》い込まれており、とても豪華に見える。一見すると何処ぞの大貴族みたいだった。

「なんか高級カフェのオーナーみたいな感じだね」

「確かに、特別なＶＩＰのみ対応するとかすれば箔《はく》も付くし、サービスとしても良いかもしれないね」

僕の思いつきにカイゼルが新しいアイデアを口にする。

笑われながらも僕が更衣室を出ると、外で待っていたキーナとリアの目が真ん丸に見開かれる。

「可愛い……」

「それ、ちょっとやばいわね。私もツボかもしれない」

キーナが両手で口元を覆いながら呟き、リアはマジマジと僕を見ながらコメントする。

「ぶはははは っ！！！　アルはん！　やっぱ超ウケるんやけど!!」

イーリスはオスローと同じ反応を見せる。僕は更に頬を膨らませて抗議の表情で彼女を睨《にら》む。

僕を指さして笑うイーリスに目を向けると、フリルが沢山付いたチェック柄のエプロンを着ている女の子たちが目に入る。真っ白のブラウスに合わせるように、エプロンの生地は同色で濃淡を付けたチェック柄で、エプロンの裾や継ぎ目の部分には濃い色の装飾が施されている。

まとめると、男の方はそれぞれ色違いのベストで、僕が紺、カイゼルが赤で、オスローが緑、ウォルトが黒。何故か僕だけ半ズボン。

女の子の方は色違いのエプロンでリアが赤、翠が緑、キーナが青、イーリスが紫のようだ。ブラウスの上から着られるので、使い勝手は良いだろう。

次に、衣装を堪能したクラスメイトと共に地下施設へ降りていき、僕は学園祭当日に使う魔導具を披露した。

その常識外れな性能《スペック》にみんなが頭を抱えていたけど、もはや呆れかえってしまっていて、学園祭の成功のためならと、諦められてしまった。

とはいえ遠話のイヤーカフの件は、カイゼルとウォルトとリアに戦争の概念が変わるとか言われ、相当に絞られたんだけど。

そして僕たちは接客のイロハ、商品のブラッシュアップや、流通の確保、タープの置き方やテーブルの配置など準備を進め、学園祭当日を迎えるのだった。

第07話　学園祭

学園祭は3日間にわたって行われる。初日は学園生のみが参加できる日になっており、2日目と3日目は一般公開されるので一般人も来場する。

学園祭は地方都市アインツの中でも、5本の指に入る人気のイベントとなっており、近隣地域からも大勢の来場者が詰めかけてくる。このイベントを見て入学を志す学生も多いようだ。

僕たちの軽食カフェに関しての前評判は上々らしい。

それもそのはずで、キーナは出版社の雄《ゆう》であるストラバーグ出版の社長の娘であり、その伝手《つて》を使って、広告担当に教えを乞いながらチラシやポスターを作っていた。その出来が素晴らしく、高い宣伝効果を発揮したのだ。

新しいベストとエプロンに身を包んだ僕らをデフォルメして可愛く描いたイラストと、イーリスとオスローが試行錯誤しながら作り上げた会心の料理のイラスト。その脇にグルメ貴族が食レポしたかのようなコメントが添えられており、弥《いや》が上にも期待が高まるデザインだったのだ。

そのチラシをオスローやイーリス、キーナの伝手《つて》で、アインツの各種商業施設に貼らせてもらい広告宣伝したので、町の住人は一度は目にしたと思う。金儲けに妥協がないイーリスの事前準備の用意周到さで、人を集めることができるだろう。

また学内に関しても、「あの統合学科1年生がまたなんか変なことするらしいぞ」と噂《うわさ》が立っており、廊下ですれ違う学園生からも、楽しみにしている、絶対に行くといった好意的な声が掛けられたりしていた。

その際にギリアムをはじめヨルムガルド地方の貴族の多くが、2学期の頭から顔を見せていないみたいということも聞いた。

貴族は勝手に夏休みを延ばしたりすることが過去にもよくあったので、教師もあまり重くは見ていないらしい。

確かに2学期に入ってから、刺すような視線を感じなくなったと改めて思い返す。

とはいえ、夏休みに僕たちやリアの実家に対して、命を落としかねないほどの陰謀《いんぼう》を実行したギリアムが、登校もせずに水面下で何かしているかもしれないと考えると、クラスメイトの家族も含めて心配になる。

その家族たちは学園祭を見に来ると聞いているので、そこで安否確認ができるのは幸いかもしれない。

学園祭初日の朝、いつもと変わらず早めに起きた僕は、訓練をするために久しぶりに中庭に出て空を見上げる。地下訓練施設ができてからは、そちらで訓練することが多いんだけど、今日は天気の確認もしたかったので、中庭でやろうと思い立ったのだ。

日が昇る前の空が少しずつ白《しら》んでくる時間帯だけど、まだ輝きの強い星たちが瞬《またた》いているのが見える。雲もあまりなく、心配していたような悪天候ではなく、良い天気になりそうな空模様だった。

いつも通りの型を繰り返していると、すぐに朝日が昇り、瞬いていた星たちは太陽の輝きに呑まれて姿を消していく。

今日は忙しくなりそうなので、軽く汗を掻く程度に留めて、寮の中の浴場に行き、水に濡《ぬ》らしたタオルで汗を拭う。

そうこうしている内に、みんなも起き出してきたので、食堂に集まって一緒に食事を摂る。

「今日は頑張ってくださいね、皆さん」

グレイスさんが笑顔で僕たちを応援してくれる。

「今日は天気が良くて暑くなるかもしれないね」

「あぁ、日差しが強くなりすぎるかもしれないから、日よけのカーテンの準備をしておいた方が良いな」

「飲み物も冷たいものが好まれるかもしれないわね」

「食事もあっさり系の方が出るかもなー」

そんな会話をしながら食事を終えた僕たちは、一旦制服に着替えて学園に向かう。

タープの他に、少し離れたスペースに簡易家屋《ユルト》も展開していて、休憩室と、いざという時の調理補助施設として使用するつもりだ。

僕たちが学園に到着すると、まずは学園祭開始の挨拶を行うということで、大講堂に集合する。1年生から3年生まで集まっているので、かなりの人数になるけど、確かに噂通り貴族が少ないように見えた。

僕は貴族に縁がないから、いないのがヨルムガルド地方出身かどうかは判別できないけど。

「皆さん。今年も学園祭の日がやってまいりました。日頃の学習の成果を発表するまたとない機会です。またこのイベントを通して、絆《きずな》がより一層深まることを期待しております。今年も多数の参列者がいらっしゃる予定です。アインツ総合学園の名に恥じないような振る舞いを期待しております」

エレン学園長が登壇して開催の挨拶をしながら、学園生たちを見渡す。僕たちの一角を見た時に一瞬視線が止まり、「特にあなた方ですよ？」と目で訴えられた気がした。

「それでは、アインツ総合学園、学園祭を開催します！　皆さんスムーズな移動、準備、参加をお願いします」

エレン学園長がそう開催の挨拶を締めくくると、みんなが大講堂からそれぞれの場所に散っていく。僕たちもみんなで中庭に移動して、準備を始めるのだった。

僕たちは中庭に行き開店準備を進める。タープを並べ、ボタン1つで展開させていく。タープは中庭の噴水を中心に大きめのが2つ、庭園《ガーデン》寄りのスペースにVIP用タープが2つ、隙間を埋めるように中規模のタープが設置されている。

大タープは噴水に近く、跳ねる水滴がとても涼しげで過ごしやすそうだ。大きい長テーブルに簡素な白いテーブルクロスがかかっている。少人数のお客さんが気軽に使えるように、ドリンクや食事も安くて軽いものを多くラインナップしている。

中タープは、4名から6名が座れる卓が2つあり、グループのお客さんが使うことを想定している。設備のレベルやメニューは、大タープと同じものの他に、グループで分け合えるような2～3人前のパーティプレートも用意している。

VIPタープは少し離れた上に、周りからの視線を遮るような場所に配置していて、密談をしたり、ゆったりと過ごしたりしたい場合に向いている。テーブルには豪華にレースをあしらった白いテーブルクロスがかかっており、それには水色の百合や赤いバラが刺繍《ししゅう》してある。

また意匠を凝らした柱には、巻き付くようにバラが這っていて、所々に赤い花を咲かせている。カイゼルがエレン学園長に許可をもらった上で、キーナが魔法で植物を一気に成長させて、庭園《ガーデン》風のテラスに仕上げたのだ。

メニューはＶＩＰ用にと、他と一線を画したドリンクや料理になっており、値段も質も高い。

まず女の子たちが簡易家屋《ユルト》で着替えている間、残った僕たちはテーブルや椅子の設置を行ったり、日よけの準備をしたりする。

グランには丁度良い感じの枝を見つけてハンモックを作ってあげたら、とても気に入り、ゆらゆらと揺られながら惰眠を貪《むさぼ》り始めた。

しばらくすると、上着を脱いでブラウスにフリルたっぷりのエプロンを着けた女の子たちがやってきたので、男性メンバーも上着を脱いでベストを着ける。僕だけは何故か半ズボンを穿かされたんだけどね……そして設備の最終確認や、メニューを記録するメモとペンの用意。食器類や釣り銭の確認など、スムーズに応対ができるように最終確認を行う。

配置としては、メインのフロントをリア、翠《スイ》、ウォルトが担当する予定で、彼らは案内と料理を運ぶ作業が主になる。

会計は数字に強いイーリスとカイゼルが受け持つ。更にお客さんの流れを見ながら、厨房の人の配置の指示を行ったり、最悪、フロントの支援もしたりすることになるかもしれない。

ドリンクや食器の用意など、厨房とフロントを繋ぐサポート的な部分を僕、キーナが担当する。厨房やフロントの手が足りなくなったら、手伝うのも兼ねている。

最後に厨房担当がオスローになる。基本的には簡単な料理が多く、仕込みが殆ど終わっているので、仕上げだけして出す予定なのだが、お客さんの数次第では修羅場《しゅらば》になるだろう。

そして今回の目玉は抽選だ。ドリンクで1枚、料理で2枚の抽選券がついていて、この券を用いて景品が当たる仕組みだ。

景品はチラシに描かれていた、デフォルメした僕たちの精緻《せいち》な人形《フィギュア》と、ストラバーグ出版から、つい先日出版されたばかりのアインルウム紀行録と料理のレシピガイド100選、他には青銀鉱《ミスリル》で作られた鍋などがある。

抽選券は2つに切れるようになっていて、両方に数字が書いてある。最終日に抽選券の半券を抽選箱から取り出し「当たり」を判定し、同じ番号を持つ半券と引き換えに、景品を受け取る仕組みだ。

そうこうしている内に、学園の鐘《チャイム》が鳴り、学園祭がスタートする。

僕たちのスペースはカフェなので、スタートでいきなり人が来ることはないはずだ。疲れたりお腹が空いたり、色々見回ったりした後に雑談しながらの休憩で使われることを想定しているからだ。

そう思った僕たちは、配置につきながらも少し余裕を持って構えていたのだが……

「まずは私が一番乗りね」

「エレン学園長……何でいきなり先頭で並んでいるんですか？　挨拶回りとか、教師方への激励とか、トラブル対応に対しての指示出しとか、色々仕事があると思うんですけど」

「そうなのよね。後になると時間が取れなさそうだから、まず君たちのところに来ちゃった」

満面の笑みを浮かべながらエレン学園長が先頭で入ってくる。まずはリアが小言を言いながら対応しつつどの席を要望するか聞くと、早速ＶＩＰ席を希望されたので、カイゼルが案内する。

「私たちが２番目ね」

「おう。案内よろしく」

「まずは学園初の試みの様子を見たくてね。屋内カフェとかは昨年もやっていたけど、屋外カフェで、しかもこんなに可愛い服装をした女の子を前面に押し出すような催《もよお》しは見たことないよ」

東洋風の装束を纏《まと》った女性と、下半身に比べ異常に発達した上半身を持つ長身の男性、線が細く柔和な表情で所作が洗練されている男性が続いてやってくる。

校章の色を見るとどうやら東洋風の女性と筋肉質の男性が２年生、洗練されている男性が３年生らしい。

その後ろにも行列ができていて、みんな自分の出し物の準備はいいのか？　とツッコミを入れたくなるような状況だ。

このように、最初っから大盛況で僕たちの軽食カフェがスタートするのだった。

３人の先輩はリアが中タープへ案内する。その後ろの学園生たちで人数が少ないお客さんは大タープに、何人か固まっていた場合は中タープへウォルト、キーナ、僕が案内していく。

†

「立地も悪くないし、装飾も素敵ね。バラの香りも素晴らしくて落ち着くわ」

エレン学園長はカイゼルにエスコートされて席に着くと、ＶＩＰタープを眺めながら、うんうんと頷く。

「メニューはこちらになります」

カイゼルが優雅な仕草で手に持ったメニューを開きながら、そっと寄り添う。

「値段は張るみたいだけど、その理由はメニューの説明を読めば納得ね。ここに書かれている内容が本当なら逆に安いくらいよ。では、このアイスのセイルーンティーとベリータルトを頂けるかしら？」

エレン学園長はメニューを一通り眺めた後、少し悩みながら注文する。

「かしこまりました。アイスのセイルーンティーとベリータルトですね。少々お待ちください」

カイゼルは返却されたメニューを小脇に挟むと、半歩後ろに引いてから一礼し、席を後にする。

「こちらをどうぞ」

すぐさまウォルトが、涼しげな音を響かせる氷の入ったグラスを、そっと差し出す。

「あら、ただの水じゃないのね」

「はい、気温や天候に合わせてフレーバーを整えた水になります。まだそんなに暑くもないので、柑橘系《かんきつけい》の果物によるフレーバーにしています」

「ん。美味しいわね、コレ。香りだけだから後味がベトベトしないし」

「えぇ、甘さや苦味を立てることなく香り付けするのに苦労したと聞いています」

「サービスで出す水にまでこだわっているのね」

「VIP席を希望されたお客様だけになりますが。他のタープは一律で酸味の強い柑橘系のフレーバーの水のみです」

「なるほど、VIP用はそこまで気配りをしているということね」

ウォルトがエレン学園長と話を繋いでいると、カイゼルがお盆を片手に帰ってくる。

「お待たせしました。こちらがセイルーンティーになります」

水晶を削り出したかの如く透き通っているグラスに、これまた透明度の高い氷が入っているだけのグラスをテーブルに置く。

そして同様に透明の水差しに入っている薄褐色の液体を、テーブルに置いたグラスに注ぎ込む。

カランカランという氷同士がぶつかる音が心地いい。

グラスに7割注いだところで、水差しをテーブルに置く。まだあと1杯分くらいは水差しの中に残っている。

「セイルーンティーって、この2杯分の値段なの？」

「はい。その通りですよ」

「へぇ、だったら安すぎるくらいね。町で注文したら倍は取られるわよ」

「そこは、流通に秀《ひい》でたメンバーがいるもので」

「あぁ、イーリスさんね」

「まずはセイルーンティーの香りを楽しんでください」

カイゼルに促されると、エレン学園長はグラスを上げて目を閉じ、香りを嗅ぐ。

「あぁ……ふくよかな紅茶の中に、少しだけ混じった特徴的な甘い香り……これはまさしく本物ね」

次にグラスを傾けて少しだけ口に含む。

「淹れ方も完璧じゃない。香りを飛ばすことなく上手に淹れてあるわ。そして苦味が少しもない。一生徒に出せる味じゃないわ」

「まぁ、そういうのが得意なメンバーもおりますから」

「あぁ、エストリアさんね。彼女だったら紅茶の淹れ方にも精通していそうだわ」

「セイルーンティーを楽しんでいただいた後は、こちらですね。ベリータルトになります」

カイゼルが差し出したのは、サクサクの食感に焼き上げたタルトを土台にカスタードクリームを搾り出し、その上に様々なベリーをトッピングしたタルトになる。

「えぇ？　これ、凄く美味しいんだけど！　町の有名店よりよっぽど！　タルト生地が凄いサクサクしてて、控えめだけどしっかりコクのあるカスタードクリームと、上に載せた酸味と甘味の強いベリーとの相性が抜群《ばつぐん》だわ！」

エレン学園長がタルトを一口頬張ると、目を見開いて驚く。

「はい。サクサクの食感を楽しんでもらうために、カスタードクリームを搾るのとベリーのトッピングは注文を受けてから行っています。これもＶＩＰ用メニューのこだわりになります」

タルトを口に含み味わった後、セイルーンティーで口の中をリセットする。エレン学園長は夢中になってそれを繰り返す。

「はぁー、甘さと風味などの美味しさが余韻《よいん》を残しながらスゥッと消えていく。このセイルーンティーとの相性も間違いないわ」

タルトを食べきって満足げな表情を浮かべたエレン学園長が一息つく。

「ご満足いただけて光栄です」

カイゼルが満面の笑みを浮かべ一礼すると、エレン学園長もつられて微笑む。

「このクオリティなのに、この値段。確かに一般学生には高すぎる値段設定だけど、分かる人が見れば、相当に品質と価格にこだわっているのが分かるわ。私も毎日通いたいくらいだもの」

エレン学園長はそう絶賛する。

「ありがとうございます。そう言ってもらえると、メニューを考えたエストリアや翠、調理しているオスローも喜ぶことでしょう。あと、これが今回の目玉の抽選券になります。素敵な商品をラインナップしておりますので、できれば最終日に来店して頂けたら幸いでございます」

カイゼルはそう言って3枚の抽選券を手渡すと、「それでは、ごゆっくりお寛ぎください」と1歩引いて待機する。

VIPタープの設備と食事は、こうして無事エレン学園長のお墨付《すみつ》きをもらえたのだった。

†

リアが3人の先輩を案内したのは中タープ。中タープには4人～6人がけの席が2つしか設置されていないので、比較的静かに話ができるスペースだ。

「こちらがメニューになります」

リアが一礼をしながらテーブルにメニューを広げて置く。最初はカラフルなエプロンに恥ずかしそうにしていたんだけど、何度も着ながら接客の練習をするうちに慣れたようで、今では自然体で対応できるようになっている。

「朝食べたばかりなんだけど」

そう言いながら、東洋風の装束を着た女性の先輩がメニューをめくっていく。

「これは……いや、こっちも。それともこっちに……」

「朝食べたばっかりじゃなかったのか？　サクラ？」

メニューに目移りしまくっているサクラと呼ばれた女性の先輩に、ツッコミを入れる筋肉質の先輩。

「そうは言うがな、シリウスよ。この魅力的なメニューの数々、悩むなという方がおかしいと思う。しかもそれぞれ丁寧なイラストが添えてあって、食欲をそそりすぎる」

「ほう、どれどれ……ほうほう。あー、なるほどなぁ！　俺も朝飯食べてきたが、これは食べたくなるな」

サクラ先輩の発言を聞いて、シリウスと呼ばれた筋肉質の先輩もメニューを覗き込み、激しく同意する。

「皆さんで軽く食べたいなら、クラブハウスサンドがお勧めになります。サンドイッチと揚げた馬鈴薯《れいしょ》が添えてあって、皆さんで摘《つま》むには丁度いいと思います」

「クラブハウスサンド？　聞き慣れない食べ物ですね」

リアの説明に、洗練された仕草の先輩が反応する。

「はい。正確にはクラブハウスサンドイッチと言いまして、会員制社交場《クラブハウス》で簡単に食べられるようにと作られた、ベーコンと鶏肉、野菜類を挟んであるボリュームのあるサンドイッチです。ちなみにベーコンは岩石猪《ロックボア》のバラ肉、鶏肉は火食鳥《ファイアイーター》の胸肉です」

「本当か⁉　希少獣の肉じゃないか！　それは旨そうだ！　スレイ、それにしないか？」

「いいですね。希少獣の肉、どんな味がするのか楽しみですよ」

シリウス先輩が反応すると、スレイと呼ばれた先輩が頷く。

「はい。承《うけたまわ》りました。飲み物は……デキャンタのアイスティーでいかがでしょうか？　4人分はあるアイスティーですが、2・5人分の価格で提供させて頂いております」

「いいわね。それをお願いできる？」

「はい。ではクラブハウスサンドとデキャンタのアイスティーでよろしいですね？　少々お待ちください」

先輩たちはリアがお勧めしたメニューをそのまま頼むことにしたようだ。リアは一礼すると厨房に向かう。

「しかしエプロン1つ着ただけなのに、制服とかなり印象が変わるな。ちょっと目のやり場に困る」

「全くだね。彼女のようなスタイルの美人が、ああも胸部を強調していては、恥ずかしくなって俯くか、凝視してしまうかだろうね」

「私にも似合うかしら？」

「なんだサクラ。お前もあーいう服に興味あったのか？」

「私だって年頃の女ですからね。恥ずかしいとは思うけど、可愛い格好には興味あるわよ。今日だって学園祭の出し物のために故郷の衣装を着ているんですからね」

リアが去った後に先輩方はそんな談笑をするのだった。

しばらくするとリアが料理を持って戻ってくる。

「お待たせしました。こちらがクラブハウスサンドとアイスティーになります」

大皿には、トースト3枚と具材を一緒に挟んだクラブハウスサンドが4切れ、そして脇には細長くカットしてから揚げられた馬鈴薯が盛り付けられている。

続けてアイスティーが入ったデキャンタ1つと、氷の入ったグラスを3つ置く。

「揚げた馬鈴薯は熱い内に食べた方が美味しいと思いますので、なるべく早めに召し上がってください。それではごゆっくりお過ごしください」

リアはそう言って一礼すると席を離れる。

「なるほど、これが揚げた馬鈴薯か……茹《ゆ》でたり蒸《ふ》かしたりしたものは食べたことはあるが」

そう言ってシリウス先輩が1本摘んで口に入れる。

「あふっ！　ほふ、ほふ……ふまい！　コイツはウマイ!!」

「それじゃあ、私も頂こうか」

シリウス先輩が美味しそうに食べるのを見て、スレイ先輩も揚げ馬鈴薯を摘む。

「確かにコイツはうまいな。馬鈴薯の甘みに多めに振った塩の塩気。そして油の味が混ざって何とも言えない美味さだ」

「えぇ、ついつい食べすぎちゃう味よね」

スレイ先輩もサクラ先輩も気に入ったようで、手を止めずに揚げ馬鈴薯を摘み続ける。

「で、メインのサンドイッチはと」

更にシリウス先輩がサンドイッチを掴むと一口齧《かじ》る。目を見開くとそのまま食べ続け、あっという間に1切れを完食する。

「やべぇ、コイツも本当にウマイ。学園祭でこんなん出してたら、普通の店が潰れちまうぜ。特にベーコンのジューシーさが際立ってやがる」

「この白いソース。これが全ての具材の味を繋いでいるみたいよ。ちょっと酸味があるけどコクのあるこのソースは何なのかしら？　今まで味わったことのない味ね。鶏肉もあっさりしているけど、深い滋味《しげみ》を感じるわ」

「本当だね。これは……商売になるレベルの味だ。私だったら間違いなく通ってしまうね。色々な具材が目立つけど、このパン自体が柔らかく芳醇《ほうじゅん》な小麦の風味が際立っていて、具材の全てを支えている。流石パン屋の息子がやってるというだけはあるね」

シリウス先輩、サクラ先輩、スレイ先輩の３人共絶賛し、とても気に入ってくれたようだ。

そのコメントを聞き、実物を見た隣の卓のお客さんもクラブハウスサンドを頼む。このように中タープのメニューも好評なようだった。

「これが抽選券です。素敵な景品も用意しているので、もしよろしければ、最終日にもいらしゃってください」

リアがシリウス先輩、サクラ先輩、スレイ先輩の３人に１枚ずつ抽選券を手渡す。

「なるほど、この券で抽選するのか。１年生で名が知られておらず、客を掴むのが難しいとみて、景品付きにして客を寄せ、最終日に発表するということでリピーターとして確保。食してみればこのクオリティだから、再度通いたくなる……なるほど、よく考えられているし、今までにない出店だね」

スレイ先輩は僕たちの仕掛けに深く納得してくれた。

お客さんは途切れる様子がなく次々とやってくる。少人数向けの大タープも満席で、みんなイーリスとオスローが考案した料理に舌鼓《したつづみ》を打っている。

特に人気なのが、安価なバゲットに豚の腸詰めを挟んだホットドッグとドリンクのセットだ。軽くローストされた本格的なバゲットと、噛むとプチッと弾けてジューシーな肉汁が溢れ出す腸詰めの相性が抜群だ。この腸詰めも、もちろん岩石猪《ロックボア》の肉だ。

これがドリンクとセットで銅貨3枚なのだから、売れないわけがない。ちなみに普通の店で買うバゲットが銅貨2枚だ。更に銅貨1枚で岩石猪《ロックボア》の腸詰めとドリンクが付いてくるとなると破格以外の何物でもない。

ドリンクも最初は戸惑われていたが、勇気あるお客さんが頼んだのを見て爆発的に注文されているのが、果実のフラッペだ。

これは僕が作り上げた2つの魔導具を使って作っている。1つ目は果実を一瞬で冷凍できるくらいの強力な冷却魔法が発動する氷結庫《フリーザー》。もう1つは強力な風刃魔法が発動する粉砕機《ミキサー》だ。

氷結庫《フリーザー》で瞬速冷凍させた果実を、粉砕機《ミキサー》により粉々に砕いて、丸搾り果実と合わせたドリンクだ。この世界には存在しない調理法に、お客さんは戸惑いを見せていたが、1度味わうと虜になってしまうくらいの美味しさではまってしまう。

ただし、このドリンクは原価が高いので銅貨2枚をもらっている。セットで注文したお客さんには、元の料金に銅貨を1枚追加することで提供できるようにしている。

利用したお客さんが、友人に強くお勧めして、更にその友人が友人を連れてくるものだから、僕たちの軽食カフェは長蛇《ちょうだ》の列ができるほどの人気店になってしまった。

僕たちは休む間もなく、フロアを縦横無尽に行き来し、案内と注文と配膳で大わらわになる。厨房も予想外の客数で、休む間もなく作り続けている。遠話のイヤーカフがなかったら、こんなに効率的に回すことはできなかっただろう。

接客が苦手なキーナは厨房でオスローを手伝い、翠は延々とフラッペを作っている。果物を粉々にするのが楽しいのか、飽きもせず、文句も言わずにひたすら作ってくれているので、思いの外助かった。

こうして盛況なうちに学園祭の初日が終了し、帰路につくのであった。

「明日から一般客も入ってくる。今日は学園生だけであの盛況っぷりだったんだ。町中に貼り出したポスターの宣伝効果が今一つ読めないが、おそらくは今日以上の客入りになると思う」

寮に戻りながら、カイゼルが今日の客入りを思い出して警告の声を上げる。

「そうやなあ。キーナはんのあのポスター見たら、きっとぎょうさん客が入ると思うで」

「オレもポスターの貼り出しをお願いして回っていた時、絶対行くって何人かに声かけられたからなぁ」

カイゼルの発言にイーリスとオスローが同意する。

「受付も案内も品出しも会計も人手が足りなくなる。だが厨房やドリンクを手薄にしては、今度はそっちが回らない。裏方で応援を頼むなどできないだろうか？」

「あ、あとパンとタルト生地が絶対的に足りない。徹夜して作っても間に合うかどうかだ」

カイゼルの心配をオスローが加速させる。

「パンとタルト生地なら地下施設で大量生産できるかもしれない……試作で作った魔導具がいくつかあるし。それと厨房とかドリンクだったら、ナイジェルたちにお願いできるかもしれない」

「魔導人形《ゴーレム》か……まぁ、魔法で作る魔導人形《ゴーレム》で店をサポートさせるというのは聞いたことがあるから大丈夫か。じゃあアル君、そのように頼む」

「うん。じゃあオスロー、パンとタルト生地の件もあるから一緒に行こう」

「おうよ」

みんなは寮に戻り、僕とオスローは地下施設に向かい、パンとタルト生地の大量生産と、学園祭の手伝いをお願いしに行くのだった。

そして学園祭2日目を迎える。

寮を出て僕たちの店がある中庭に集合すると、今日の作戦をカイゼルが話し始める。

「昨晩話した通り、恐らく人手が足りなくなる。魔導人形《ゴーレム》の応援が来るまでは昨日通り、応援が来たらフロアを強化して対応する」

「応援後のフロアだが、私がＶＩＰ担当、エストリア嬢が中タープ、アル君には大タープを主に担当してもらいたい。ウォルトは全体フォローだ」

「そして配膳はキーナ嬢と翠嬢にお願いしたい。キーナ嬢は魔法で土人形《ゴーレム》を生み出して配膳してもらいたい。翠嬢にはそのフォローをお願いする」

「厨房はオスロー君に任せる。ナイジェル殿とニーナ嬢がどれだけできるか分からないが、何とか回して欲しい」

みんなが答える間もなく、カイゼルが矢継ぎ早に指示を出した。

かなり負担の掛かるシフトだが、人がいないのでそうせざるを得ない。それはみんな分かっていて、それぞれが力強く頷く。

「会計は安定のイーリスにお願いする。ちなみに昨日の売上は？」

「ふふふふ……銅貨843枚や！　約300人くらい来たさかい、客単価は銅貨3枚くらいやなあ」

「食事とドリンクのセットを頼むお客さんが多かったから、丁度そのくらいだろう」

「というか、それって先生も含めて学園生のほぼ全員じゃないか？」

「300人やったらそうやね」

2日目の準備を進めていると、まだ開始前にもかかわらず、ちらほら学園生がやってくる。まだ、一般入場が開始されていないので、学園生だけなのは当たり前なんだけど。

昨日は学園生の内部公開のみだったため、僕たちの喫茶店に来てくれるお客さんは限られていたけど、今日は一般公開なので、かなりの客入りが期待できるだろう。

僕たちは準備に取りかかる。各種フレーバーウォーターや食器、伝票メモ、メニュー、テーブルナプキン、ゴミ箱、各種ドリンクの下準備、ティーポットなど準備するものは沢山ある。

またテーブルに置く紙ナプキンや、楊枝《ようじ》、塩、胡椒《こしょう》、トマトソース、マスタードなどの用意も必要だ。

塩はともかく、胡椒は結構な高級品になるので、それをテーブルに素で置いておき自由に使わせるのはかなりの勇気が必要だった。

他にもトマトソース、マスタードなどもコストは掛かっているが、自分で味を自由に調《ととの》えられると1日目のお客さんからは好評だった。

着々と準備を進めている内に、開始時間が近づいてくる。時間になると聞き慣れた学園の鐘《チャイム》が鳴り響き、2日目の開始を知らせるのだった。

一般公開があるため、学園生の来店は開始1時間後までお断りさせてもらった。なので、昨日のように開始と同時にお客さんが入ることはなかったけど、校門から足早に移動する人が徐々に見えてくる。

「おねーちゃん！　きたよー！」

そう言って一番乗りで店にやってきたのは、リアの弟であるヘンリー君だった。

「あ、アルのお兄ちゃん。おはよーございます」

元気いっぱいに僕にも挨拶してくれる。

以前、町のゴロツキに因縁をつけられていた時に助けた少年で、最初は人見知りしてしまって、あまり会話できていなかった。でも夏休みにリアの実家に泊まった時に、仲良くなることができたので、こうして笑顔を向けてくれる。

「ヘンリー、走っちゃダメって言われてたでしょう？　私の家も貴族の端くれなんだからキチッとしないとダメよ」

リアが腰に手を当てながらヘンリー君を叱《しか》る。

「だって一番でお姉ちゃんのお店に来たかったんだもん！　お姉ちゃんのその格好、とっても可愛いね!!」

窘《たしな》めていたリアだけど、可愛いことを言ってくれるヘンリー君に目尻が下がって仕方ない。仲のいい姉弟《きょうだい》って素敵だよね。

「ヘンリー、学園内は走ったらダメって言われてたじゃないか」

ヘンリー君の背後から深みのある男性の声が聞こえてくる。どうやらリアのお父さんとお母さんが到着したようだ。両親からも同じことを言われ、彼はごめんなさいと謝る。

謝ったヘンリー君に満足し、お父さんが抱きかかえる。その表情はとてもにこやかだ。ここの家は、本当に家族同士の仲が良いんだよな。

「兎に角、少しゆっくりしたいので、案内してくれるかしら？　リア」

リアのお母さんがそう言うと、リアはカイゼルに目配せする。カイゼルも視線に気付き頷く。本来ＶＩＰタープの担当はカイゼルだったのだが、こういう事態なので急遽《きゅうきょ》変更したい、というアイコンタクトだったらしい。

「お客様、こちらへどうぞ」

リアが優雅に一礼をしながら、手を進行方向に向ける。それを見たリアのお父さんとお母さんから「ほぅ」と感嘆の息が漏れる。

今までもリアの所作は貴族として申し分のないように見えていたが、軽食カフェでの訓練で、更に磨きがかかったようだ。

「一番苦手だった礼儀作法が良くなっているな。あんなに嫌っていたのになぁ」

「ええ、それにあのエプロンも可愛いわ……ちょっと胸が強調されていて破廉恥《ハレンチ》かと思ったけど、乱れることのない優雅な動きと自信に満ちた笑顔が、ただでさえ可愛いリアの魅力を更に押し上げている気がするわ」

執事《ナイジェル》とメイド《ニーナ》が用意したエプロン服は両親にも好評なようだ。

リアはそのまま両親をＶＩＰタープに案内していく。その姿を見送っている内に続々とお客さんがやってくる。この軽食カフェを目当てに学園祭に来ているような様子だ。

「昨日、息子に一流レストランと同等の料理が、大衆食堂並みの値段で食べられるって聞いたのよ」

「あなたも⁉　私も娘に聞いて、これは一番に行かなきゃ！　って思ったのよ‼」

「ＶＩＰはちょっとお高めだけど、中くらいのところで十分美味しい料理が出てくるって聞いてるから、もしよろしければご一緒しません？」

学園生からの口コミで来ている親も多いようだ。少人数で来ている親グループも、並んでいる時に会話が弾み、大きなグループになったりしている。

僕たちの軽食カフェはこうして２日目も好調な滑り出しを見せたのだった。

その後も続々と一般のお客さんがやってきて、あっという間に全ての席が埋まってしまう。

案内や配膳をしている際に聞こえてくるお客さんの会話だと、景観の良さと、美味しい料理とドリンク、そしてリーズナブルな値段が決め手になっているらしい。

学園には他の出し物があるので、非常識に長居するお客さんは少なく、料理や景観を一通り楽しむと席を空けてくれている。そのため、待ち時間はあるけど、入れ替えはスムーズだ。

こんな状況なので、フロア／配膳／厨房は大わらわで、早くもかなり逼迫《ひっぱく》した状況になっていたんだけど、期待していた3人がやっと手伝いに来てくれて、状況が改善される。

「「お待たせしました。遅くなって申し訳ございませんでした」」

「お待たせしましたニャ」

綺麗に声が揃ったのは、第4アインツ総合学園寮、通称フィーア寮の寮母さんであるグレイスさんと、執事型の魔導人形《ゴーレム》のナイジェルだ。

そして語尾にニャがついているのがメイド型魔導人形《ゴーレム》のニーナになる。

「さっそくで悪いが、岩石猪《ロックボア》の腸詰めのボイルと付け合わせのポテトフライを10セット用意してくれ!!」

厨房からオスローの指示が飛ぶ。オスローはパンのトーストだけでも、回らないくらいの作業量なのだが、それをやりつつ岩石猪《ロックボア》の腸詰めのボイルと付け合わせのポテトフライも作っていたため、少しずつ時間が延びていき、提供時間の遅れに繋がっている。

キーナは仕上げや盛り付けで手一杯だったので、頼むに頼めなかったようだ。

「「承知いたしました」」

オスローの切羽詰まっていてぶっきらぼうな物言いに、1つも嫌な顔をせずに返事をして作業に入るグレイスさんとナイジェル。この2人にかかれば、オスローの指示した作業は滞りなく素早く終わるだろう。

「では、ポテトフライの待ち時間に盛り付けを担当しますので、ニーナさんは仕上げに集中してください」

「分かったニャ。あとドリンクもワタシがやっとくニャ」

グレイスさんは一瞥《いちべつ》しただけで自分のやるべきことを見つけて、ニーナに指示を飛ばす。ニーナはニーナで、すぐに足りないところを見つけ出し作業に着手する。

「では、私は腸詰めのボイルを進めながら、次オーダーのスタンバイに入るとしましょう」

ナイジェルはボイルしながら、次にオーダーされている注文の事前用意を始める。例えばクラブハウスサンドであれば、岩石猪《ロックボア》ベーコンのソテーと、トマトスライスと葉野菜の用意を行うのだ。

そうすることでニーナがスムーズに仕上げに入り、集中して作業を行える。

3人の加入により一気に厨房の処理速度が上がり、トーストかボイルかフライ、どれかの最大時間で料理が出てくるようになった。例えばトーストが2分、ボイルが3分、フライが2分の場合、ボイル完了の3分で他の料理も出てくるってことだ。

少しでも手が空くようだったら、グレイスさんがドリンクや仕上げなどのニーナのフォローに回ることで、全てが噛み合って、最速での料理提供を実現する。

そうなると会計で詰まりそうだが、そこは金勘定には素晴らしい才能を発揮するイーリスだ。全ての商品の値段が頭に入っているため、一瞬で請求金額を弾き出せるのだ。しかも銅貨1枚も損したくないタイプなので、計算やお金の受け渡しに全くミスはない。


昨日と比べ物にならない数のお客さんを捌いていると、あっという間に昼になった。

まだまだお客さんの列は続いているので、休む間もなく対応に追われている。

「盛況なようね」

「えぇ、お陰様で。これもキーナの広告の効果とみんなの頑張りですね」

そんな僕たちの様子を見に来たエレン学園長が、ＶＩＰ室が埋まりきって多少手が空いているカイゼルを見つけて声を掛ける。

「待っている時間もないので、ドリンクをテイクアウトしたいんだけど……できるかしら？」

「確か……テイクアウト用の容器はあったはずなので、対応できるかどうかですね。ちょっと確認してきますよ」

「あら、助かるわ。お願いね」

エレン学園長に軽くお願いをされたので、カイゼルは厨房に行って確認する。

「大タープメニューのアイスティーとかなら大量に用意しているから、テイクアウト用の容器に移す対応はできるニャ。でもセイルーンティーみたいな、注文を受けてから淹れるようなモノは対応できないニャ」

カイゼルの問いにニーナが答える。

「なるほど、できてもそのくらいだろうな。そのように伝えてくるよ」

カイゼルはそう言うとイーリスの持ち場に向かう。

「ドリンクのテイクアウトを依頼されたんだが、容器と中身の料金＋利益で銅貨3枚で提供しようと思うのだが、どうだ？」

「すぐに渡せて33％の益なら問題あらへんと思う。めっちゃ売れるかもしれへんさかい、やった方がええな」

「承知した。ありがとう」

戻ってきたカイゼルが、普通のアイスティーならテイクアウトで銅貨3枚と伝えると、エレン学園長は少し考えた後、それでも良いわと告げてくる。

学園の食堂や休憩室などで飲むドリンクは銅貨1枚なので、これだと3倍の値段になるのだが、容器の料金と中身のクオリティを考えたら妥当と判断したようだ。

そして厨房からドリンクを預かったカイゼルがエレン学園長に手渡した時に、あたりに戦慄《せんりつ》が走ったのだった。

「ちょっと待って。この容器何⁉」

容器を受け取った途端、エレン学園長が素っ頓狂な声を上げる。

「何って、持ち帰り用の容器ですが。あぁ、相当壊れにくいので何度も使えてお得です」

テイクアウト容器は中が透けて見え、更にかなり軽くて少し弾力性がある。その特殊な素材にエレン学園長はとても吃驚《びっくり》した。

確かカイゼルとかに初めて見せた時も吃驚《びっくり》されたが、この世界にある素材を組み合わせてできることを説明して、商品として世に出すことを納得してもらった製品だ。

物凄い異臭を放つ真っ黒の液体に特殊な加工を施した後、コップの形に成形して、別付けの蓋を嵌めると持ち運び可能な容器になる。

そして、基本的には地下から採掘された液体から作られているのでローコストだ。透明度が高いので様々な製品への利用も可能である。

また流用や転売防止のために、コップには僕たちをデフォルメした絵が焼き入れてある。僕たち8人とグランを合わせて9種類あり、ちょっとだけコレクション要素も入れてある。ちなみにグランはシークレット扱いで、他のコップ5個に対して1個しかない。

「これが付いて銅貨3枚⁉　こんなコップを他で買ったら銀貨3枚以上の値がつくわよ！」

確かに木や陶器のコップが多くて、透明度の高いガラス製品はないことはないが、高価だしまだまだ入手しにくい。

イーリスに言わせると、ガラスを特産物としている町に行けば、そこそこの値段でそれなりに手に入るみたいだけど、運送途中に割れることが多く、こっちで販売する時はリスクが相当上積みされると聞いた。

「これでも十分利益が出ているので大丈夫です」

カイゼルがエレン学園長にそう説明していると、その様子を見た恰幅《かっぷく》の良い男のお客さんが、容器をちょっと見せてほしいと言ってきた。

新たにコップを持ってきて見せると、お客さんは大きく目を見開いて驚愕する。そして興奮した口調でカイゼルに話しかけてくる。

「わ、私は食器や家具などを扱う商人なのだが、是非ともこのコップを我が商店で取り扱わせてほしい‼　銅貨なんてケチなことは言わない。1つ金貨1枚で売ってみせる‼」

「あ、そういう交渉は、あっちの会計の女の子に頼んでくれるかな」

カイゼルは商人をイーリスへと誘導する。イーリスもこの商品を取り扱いたいと思ってるだろうけど、広範囲に捌くには協力者が必要になることもあるだろう。

恰幅の良い男の商人はイーリスのもとに飛んでいったが、流石にかなりのお客さんを捌いている最中なので、夕方以降に再度来てもらうことにしたようだ。

テイクアウト容器の話はすぐに広まり、料理やドリンクを注文したお客さんが帰る前に、こぞって1つずつ注文していく。コレクション性の高さもあり、かなりの数の注文が入ってきた。おそらく客単価も相当に向上していることだろう。

そのまま夕方までハイペースでお客さんが来続けて、学園祭終了の鐘《チャイム》が鳴るまで僕らは休憩も取れずにずっと対応し続けるのであった。

学園祭終了の鐘《チャイム》が鳴り、最後のお客さんが店を出たところで、僕たちは思い思いの場所で突っ伏す。

「もうダメ……1歩も動けない」

「あぁ……こんなに疲れたのは初めてかもしれないな」

まだ食器の残るVIPタープで机に突っ伏しているリアとカイゼル。

「凄く疲れた……」

「お腹が……空いたのだ……」

大タープで突っ伏す僕と、お腹から盛大な音を響かせる翠。

「これでも食べてろ。グレイスさんとニーナさんが翠が我慢できないだろうから食わせてやれって渡されてな」

ウォルトがホットドッグとサンドイッチの盛り合わせを持ってくる。流石に騎士を目指して普段から厳しい鍛錬を積んでいるウォルトはまだ動けるらしい。

「明日の仕込みが……」

「も、もう無理ですぅ～」

厨房で明日の仕込みを始めようとするオスローと、疲れと魔力の枯渇《こかつ》でピクリとも動けなくなっているキーナ。

「今日もぎょうさん稼いだで～!!」

そんな中、イーリスだけはとても元気に金勘定をしている。そこに昼間の商人がやってきたので、今後のやり方についての打ち合わせを始める。

どうやらあのテイクアウト容器を独占販売したいようだ。だけどあの容器、大量生産できているけど地下施設で作られたものだから、おいそれと世に出せないと思うんだけどなぁ。

「明日の仕込みでしたら、今日も夜通しで私たちが対応しますので、所有者様《マスター》と皆様はゆっくりお休み頂き、明日への英気を養ってください」

まだ動こうとするオスローをナイジェルが止める。

「私は魔導人形《ゴーレム》なので、魔力供給さえ間に合っていれば、休み不要で稼働できますので、お気になさらず」

そんなナイジェルの言葉を受けて、椅子に座り込むオスロー。すると30秒もしない内に寝息を立て始める。やはり相当に疲れていたらしい。

僕たちは少しだけ店の中で休んでから寮に戻るのだった。


「これだけじゃ、全然足りないのだーっ!!」

お腹を空かせたまま寮に戻ると、グレイスさんが食堂で待っていてくださいと一言言い残して厨房に消え、すぐに大きなお皿に山盛りに盛ったサンドイッチを持ってくる。

「店で売っているのは知っていたのですが、おそらくご飯を食べる暇もなく戻ってくると思ったもので、夜まで保《も》って、簡単に食べられるものだとこれくらいしかなくて、申し訳ございません」

中身は違うが、店で売っていたサンドイッチとカテゴリが一緒なことを謝るグレイスさん。僕たちはご飯も食べずに働き通しだったので、店で売られていようがいまいが関係なかったんだけど。

「いや、こんなに用意しておいてくれて、本当に助かりま……翠、頂きますしてからでしょ?」

僕がグレイスさんにお礼を言っている側から、翠がもう我慢できないと食べ始めていた。

「まぁまぁ、皆さんもお腹が空いているでしょうから、よろしかったらどうぞ」

いつもはクールな表情を崩さないグレイスさんだが、翠の行動に微笑みを浮かべながら、僕らに食事を促す。当然僕たちもお腹が空いていたので、我先にと手を伸ばして食べ始める。

「美味しいのだーっ！」

翠が叫び、口からパン屑が飛ぶが、他のみんなもそんなのお構いなしに、物凄いスピードで平らげていく。大皿に載った山盛りのサンドイッチはあっという間にみんなの胃袋の中に消えていった。

「ふぅ、夢中になって食べちゃったわ」

「えぇ、1日何も食べずに動き回っていましたからね」

「あら、やっぱり……」

リアがキーナと雑談していると、既に船をこぎ始めている翠を見て微笑む。

「翠ちゃんはもう限界ね。私たちもそろそろ厳しいから、今日はもうこれで休みましょ。本当はお風呂に入っておきたいところなんだけど……」

「明日の夜明けくらいに用意しておきますので、登校する前にお入りになればよろしいかと」

「本当？　明日の接客で汗臭い匂いさせたくないので本当に助かるわ」

リアがグレイスさんの提案に喜びながら、コックリコックリしている翠を立たせて食堂を出ていく。

「オレらも早めに寝ようぜ。こっちも本当に限界だ」

「そうだね。じゃ、おやすみ、カイゼルにウォルト」

「あぁ、また明日。私は今日の売上を確認してから休むよ」

「俺もカイゼルを手伝ってから休む」

オスローと僕は自分の部屋に戻ることにしたが、カイゼルは今日の売上を確認するみたいだ。同じくらい疲れているはずなのに、流石にリーダーとしての責任感が違う。

僕はオスローと一緒に部屋に戻ってベッドに入ると、すぐに睡魔が襲ってきて、ぐっすりと眠ってしまうのだった。

グランも同じようで、僕たちのように働いてはいなかったけど、自分を見つけた子供たちの要望に応えて、たまにハンモックから降りて愛嬌《あいきょう》を振りまいたりしていたから疲れていたのだろう。


日常の習慣は恐ろしいもので、相当疲れて就寝したはずなのだが、いつも通りの時間に起床した。1日の睡眠時間としては十分だったせいか、起き抜けは少しぼんやりしていた頭も、時間と共に活性化し、普段通りに戻る。

そうなると日課の素振りをしない方が何か落ち着かない気がしてくるので、僕は木剣を持って1階に降りていく。1階は静まり返っていて、お風呂にお湯が入る音だけがやけに響く。

そういえば、朝風呂を用意するとグレイスさんが言っていたなと思いながら中庭に出ると、まだ朝日の昇る前の凛《りん》とした空気の中で型をなぞっていく。

想像上の敵に対して、正しい型で攻撃をする。綺麗な型通りに剣が振るえていると、その後の隙も少なく次の攻撃に繋ぐことができる。やはり型は重要で、繰り返しの反復練習が僕の強さの下支えになっている。

一通りの型を終えた頃には朝日が昇り始め、僕はそれなりに汗をかいていた。風呂の用意があると言っていたので僕は言葉に甘えようと寮に入っていく。

僕が寮に戻っても、まだ誰も起きていないようだったので、先にお風呂に入ることにする。あんまりモタモタしているとリアたちと鉢合わせになりそうだからだ。

僕は風呂の入り口の札を男性入浴中にすると、汗を流しにお風呂に入る。一番風呂をもらうことに何となく気後《きおく》れするけど、みんな忙しいので時間は有効活用しないとね。

僕は手際良く身体を洗って湯船に少しだけ浸《つ》かった。待っている人がいると申し訳ないので、身体を拭きつつ脱衣所へ向かう。

「ホント、凄いお客さんの数だったわね」

「せやね。そのせいで儲けは凄いことになっとるけどね」

「翠も頑張ったのだーっ」

「そうですね。翠ちゃんも本当に頑張ってたよね」

僕が出ようとすると入り口から女性陣の声がしてくる。僕は慌ててタオルで下を隠しながら、どこかに隠れようとするんだけど無情にもドアが開く。

「「え!?」」

「あ、アルなのだっ！」

何も考えずに笑顔で挨拶してくる翠。

「「きゃぁぁぁぁぁぁぁ!!」」

そして響く女性陣の絶叫。あー、叫びたいのは僕の方なんだけど！　と言いたい。

「はやく服着なさいよっ！　バカっ！」

「というか入り口の札を男性入浴中にしていたはずなんだけど」

リアが目を手で覆いながら罵ってくるが、まずはドアを閉めて戻ってもらいたい。僕が覗かれた側なのに、非難されるのは納得がいかないんだけど……

どうやら聞く耳を持ってくれなそうなので、そそくさと着替えて、僕は風呂場を後にするのだった。

「ふぅ。とんだ災難だった……」

「おにぃさん。お楽しみですね」

何とか女性陣の包囲網から脱出して一息ついた僕を、ニヤニヤと笑いながらオスローが揶揄《からか》ってくる。

「本当にもう、災難だらけだよ」

「あはははは。アルがうっかりしているからだろうけどな」

「そんなことないよ。ちゃんと札も男性入浴中にしてたし」

「まぁ、アルが先に入っているなんて予想できなかっただろうからなー。仕方ない。諦めろ」

オスローの言葉に、がっくりと項垂《うなだ》れると、とりあえず木剣をしまいに部屋に戻るのだった。

その後の朝食もなんか気まずい感じだったが、女性陣も実際に札が男性入浴中になっていたのを確認したみたいで、謝りたいんだけど恥ずかしくて言い出せない状況になっているようだ。

「みんなおはよう。昨日は充実した1日だったね。今日は昼過ぎに終了するけど、心残りのないように頑張ろう」

カイゼルとウォルトが食堂にやってきて挨拶する。眠そうな顔をしているが、隈《くま》ができているわけでもないので、きちんと睡眠はとったらしい。

「いやぁ、銭《ぜに》数えとると時間忘れるわー」

最後に現れたのは、目の下にガッツリ隈《くま》を作ったイーリスだった。今日も開店するって分かっているのだろうか。

「今日もガッツリ稼ぐでー」

うん。分かってはいるらしい。

みんなで身支度を整えた後、学園に向かって移動する。グレイスさんも朝食の片付けが済んだらすぐに来てくれるらしい。ナイジェルとニーナは昨日から夜通しで仕込みをしてくれているので、仕込みしたものを持って現地に来てくれていると思う。

現地に着くと、既に準備を終え、更に厨房の隅々やテーブルやタープまでピカピカに磨き上げた状態でナイジェルとニーナが待っていた。流石に眼鏡さんが暴走して作った魔導人形《ゴーレム》だけあって、凄い性能だ。

「ナイジェル、ニーナ、色々ありがとう」

「いニャいニャ、これくらいメイドとして当然ですニャ。あぁ、所有者様《マスター》。かなりエネルギーを消《しょう》耗《もう》したのでちょっといいですかニャ？」

ニーナはそう言うといきなり僕に抱きついてくる。

「え？　ちょ、ちょっと！」

僕を抱擁《ほうよう》するニーナに戸惑った声を上げるリア。

「魔力の補充《チャージ》ですニャ。お気になさらずニャ」

「魔力の補充《チャージ》に抱きつく必要はなかったと思うんだけど……」

断言するニーナに、僕は少し逆らってみるのだが、完全に身体をロックされて身動きが取れない。

「こんなものですかニャ。ありがとうニャ、所有者様《マスター》」

数分間ハグして、解放しながらニーナが頭を下げてくる。

「あれは、魔力補充《チャージ》……魔力補充《チャージ》……特別な意味なんてないんだから……」

僕のことをにらみつけながら、リアがブツブツと呟いていた。

3日目となる今日も一般のお客さんに開放している日になるが、最終日のため、昼過ぎに出し物は終了になる。ということはこれまでの半分しか営業時間がない。

「ほんでお客さんの声を反映した結果、こないな施策をしようと思う」

今日の営業開始にあたりイーリスからこんな提案があった。

「まず、全てのタープで全メニューを注文可能にして、更に抽選券のプラスサービスをする。VIPメニューは3倍、中タープのパーティプレートは倍、大タープメニューはそのまま。つまりVIPの食事は抽選券6枚、ドリンクの場合は3枚もらえるっちゅーわけや」

「なるほど、営業時間が短い分、抽選券のバラマキをするわけだね」

「そんな客単価を上げる施策を考えるとは、流石イーリスだな」

イーリスの妙案に感心するカイゼルとウォルト。僕たちも驚きを禁じえない。

「せやな。幸いニーナはんが、VIPの料理も相当仕込みしておいてくれたさかい、安心して数を捌けそうや」

「おうよ。素材を全部仕込んでくれていたみたいだから、昨日と同じ分くらいは注文受けられるぜ」

ニーナを見ながらイーリスとオスローが言うと、ニーナは努めて冷静な澄まし顔で、「大したことないニャ」と言っているが、なんか嬉しそうな雰囲気が伝わってくる。

みんながそれぞれの持ち場で用意している内に、3日目の開始の鐘《チャイム》が鳴る。

「昨日と同じフォーメーションで行こう。まずは1人ひとりのお客様を大事にすることが肝要だ。今日も頑張っていこう」

「「「おーっ！」」」

カイゼルの言葉に、みんな拳を突き上げて叫んで気合を入れると、開店するのだった。

今日の客層だが、昨日と打って変わって貴族風の女性が多くやってきた。

確かにVIPタープの料理は少し高いけど、貴族の舌を唸《うな》らせることのできるクオリティであることは、エレン学園長をはじめ、色々な人に認められている。だから人気があるのは分かるけど、それにしても貴族の女性ばかりというのは気になる。

「あらあら、まぁまぁ……素敵なお召し物じゃないかしら？」

僕が首を傾げていると、貴族の女性の集団の中から、妙におっとりした声が上がる。

その視線の先にいるのはカイゼル。そしてカイゼルはいつもの自信に満ちた表情ではなく、顔を強《こわ》ばらせていた。

そしてその額から脂汗《あぶらあせ》がしたたり落ちるのが見て取れる。普段冷静で余裕を崩さないカイゼルには珍しい表情だ。

「お久しぶりね、カイゼル？　元気そうで何よりだわ」

貴族の集団の中から出てきた女性は、朗《ほが》らかでおっとりしているが、妙に通る声で親しげにカイゼルに語りかけてくる。

長いであろう金髪を丁寧に結《ゆ》い上げて頭の後ろで留め、豪華な髪飾りで固定し、優しそうに垂れた目の奥には、知性と慈愛《じあい》に溢れた碧色《みどりいろ》の瞳。そして女性らしいシルエットを魅せるかのようなワンピースは、折れそうなほど細いウエストを背中側で締め付け強調するデザインだ。

女神様が降臨《こうりん》したらこうなるんだろうなと言わんばかりの、完成された美を持つ女性だった。

「……あ、姉上。き、来ていらっしゃってたのですか……」

普段動揺しないカイゼルの瞳が泳いでいる。

「そうよ？　弟がすっごーく頑張っているって聞いて、お姉ちゃん、絶対応援しなきゃってお父様に許可もらってやってきたのに。カイゼルったら全《まった》く気が付かないのだもの。寂しくって泣いちゃいそうだったわよ？」

物言いは優しいが、有無を言わせない雰囲気で距離を縮めてくる女性。カイゼルは助けを求めようとするが、いつも背後に控えてサポートに徹してくれているはずのウォルトは首を横に振って拒否する。

「駄目よ？　カイゼル。いっつもウォルトちゃんに甘えてばっかりで。偶《たま》には自分の足で立って歩かないと？」

「ま、まさか。この圧倒的な数の貴族は!?」

カイゼルが声を絞り出す。

「最近なんだけど、貴族や豪商の間で執事ブームが起こっているのよねぇ？　私はそれで、今回のイベントをお友達に伝えたところ、是非見に来たいって。ね？」

カイゼルのお姉さんが目を向けた先には、相当位が高いのが見て取れる服装と所作の女性が多く集まっていた。

確かに今日のお客さんは貴族の女性が圧倒的に多いように思えたけど、それが原因だったのか。

「ほらほら、カイゼル。後が詰まってるわよ？」

動揺しまくりで、いつもの采配ぶりが発揮できないカイゼルを女性が急かす。

カイゼルは挙動不審《きょどうふしん》になりながらも、お姉さんとその関係者をウォルトと手分けしてＶＩＰ席へと案内するのだった。

他の貴族の女性もカイゼルのお姉さんの関係者のようだが、ＶＩＰ席には限りがあるので僕とリアが中タープや大タープへと案内する。

「このウォルトちゃんの人形。ちょっと楽しみだわぁ」

カイゼルのお姉さんは景品のチラシを見ながら、相変わらず聞く者を虜《とりこ》にしてしまうような甘く優しい声色で、ウォルトに話しかける。

「サフィーア様、お戯《たわむ》れを」

ウォルトが冷静な顔を崩さずに対応する。でも普段の余裕のある素振りではないのは、ここ半年くらい一緒にいた仲だから分かってしまう。

「まぁ、サフィーア様なんて、他人行儀すぎるんじゃなくて？」

サフィーア様と呼ばれたカイゼルのお姉さんが口を尖らせながら、ウォルトを問い詰める。

「カイゼル、忙しいところ申し訳ないんだけれど、あなたのクラスメイトを集めて欲しいの。いつもカイゼルがお世話になっているからお礼がしたいのよ」

「い、いや、店が始まっているから難しいです」

「あら？　この店の席、私が全て押さえているから少しくらいなら平気じゃないかしら？」

「もしかして、あの貴族の女性全員……」

「そうよ？　100人くらいだったかしら。だから今、一時的に私のか・し・き・り・よ？　少しの時間だったらみんなメニューを眺めて待っていてくれるわ」

「しょ、少々、お待ちください……」

お姉さんに押し切られて、カイゼルがみんなを呼びに行く。僕とリアも貴族の女性を席まで案内した後に、自分たちの対応は後で良いから、お姉さんの元に行くようにと言われたんだ。

「あぁ、勝手してごめんなさいね。確か……アルカード君にオスロー君、エストリアさん、イーリスさん、キーナさんに翠ちゃんだったかしら？　いつも愚弟《ぐてい》のカイゼルがお世話になっております」

スラスラと1人ひとり僕たちの顔を見ながら、確認するように目を配っていき、最後に優雅な礼で挨拶をしてくる。あまりの自然体での上品な挨拶に、僕たちは呆気にとられて固まってしまう。

「あら？　間違っていたかしら？　夏休みに帰省していたカイゼルから聞いた特徴を元にご挨拶させて頂いたのですけれども？」

「い、いや。あっています。あまりにも素晴らしい挨拶だったので、戸惑ってしまいました」

「あらあら、アルカード君は上手ね。小さくて可愛いし、家に持って帰りたいくらいだわ」

サフィーア様は一瞬で僕の間合いに入って、僕の頭を胸に押し付けて撫で回す。でも背中から感じる刺すような視線が痛すぎる！

「おい、アルカード」

普段あまり感情を表に出さないウォルトが、地獄の底から響いてくるような冷たい声を放つ。

僕は身体を一瞬沈めた後に後退して、サフィーア様の拘束を逃れる。

「あんっ。もぅ、つれないわね」

ちょっと鼻にかかった声で僕を咎めてくるけど、ウォルトを怒らせると後が怖そうだからちょっと距離を置く。

「少しくらい良いじゃないの。ウォルトも狭量《きょうりょう》ねぇ」

「サフィーア様のお戯れが過ぎるのです。そんなことをしていると様々な人が誤解しますから、控えて頂きたいと何度も申し上げているはずですが？」

「んーっ！　本当に堅々《かたかた》なんだからぁ。お姉さんはもっと自由が欲しいっ！」

「きちんとしてくださいと言っているだけです」

ウォルトがサフィーア様を諭しているけど全然聞く気がないみたいだ。カイゼルはいつの間にか最前列から消えてるし……逃げたな。

挨拶を受けた後、僕たちはすぐに仕事を再開する。いきなり席が全部埋まったので、大わらわになる。

しかしこの3日間だけど、店を出してみて、お客さん相手の商売というのはとても大変だということを実感した。実家の父さんと母さんもいつも忙しそうにしていたけど、少しはその苦労が分かった気がする。

実家で宿を手伝っていた経験が、この店で役に立っているのが実感できたし、とても有意義な3日間だったと思う。

次々とやってくるお客さんの対応をしていると、見知った顔もちらほら見える。例えば翠のご両親、オスローのご両親、キーナのご両親など。リアのご両親は昨日だけじゃなく、今日も来店してくれていて、料理に舌鼓を打ちながらリアの接客ぶりを目で追っている。

そして翠のご両親は尋常じゃない量の注文をして、あっという間に平らげていた。2人共が妙に満足げな顔をしていたのが印象的だった。

キーナのご両親が来た時は、キーナが厨房から出て両親を案内した。そのエプロン姿と応対に、ご両親は目を真ん丸にひん剝いて凄く吃驚《びっくり》していた。

そりゃ、いつも引っ込み思案で恥ずかしがりやのキーナが、あんなに可愛いエプロンを着けて接客するなんて、想像だにしていなかったに違いない。

でもご両親には好評だったみたいで、席に着いてからは目を細めてキーナを眩しそうに見ていた。

そんな風に感じてくれたのなら、この店を開いた甲斐があるなと改めて実感したのだった。

オスローのご両親は、店を開くにあたって料理の味とかも見てもらっていたので、メニューには吃驚《びっくり》していなかったけど、この盛況ぶりには、とても驚いていた。

改めてＶＩＰのタルトを食べた時には、うぅむと目を瞑って唸っていたところを見ると、料理にも何か感じるところがあったのかもしれない。

みんなの両親が来ている中で、僕の両親も様子を見に来てくれた。あまりの盛況ぶりに吃驚《びっくり》していて、更に料理のクオリティと値段設定に驚いていた。

父さんなんかは顎に手を当てながら、後でアルにレシピを聞いてウチのメニューに加えるか……なんて言っていた。喜んでくれて何よりだ。

そんな見知った顔がいるが、やはり多いのは貴族の女性で、ＶＩＰメニューのタルトとセイルーンティーのセットを注文している人が多い。テイクアウトも、あの容器にコレクション性があるために、まとめ買いしていくお客さんが多く、大盛況だった。

そうこうしている内に閉店の時間が近づいてきたので、僕たちはラストスパートを掛けて、お客様の応対をするのだった。


カーン、カーン、カカーン！

出店の終了を知らせる鐘《チャイム》が鳴り響く。これで僕たちの３日間にわたる軽食カフェも終了だ。最後のお客さんを見送るまでは終了じゃないけど、食べ終えたお客さんから席を立っていく。スムーズに業務を終わらせることに協力してくれるお客さんは本当に助かる。

僕たちは接客を続けながらも、空いたタープの後片付けと、抽選券の集計を開始する。夕方までに抽選を行う必要があるからだ。

イーリスの妙案により、今日は半日の営業にもかかわらず2日目と同量の抽選券の半券が集まった。集計は大変だけど、3日間でかなりの券が集まったようだ。

最後のお客さんの接客が終わると、僕たちは手分けして残ったタープや設備を片付ける。といっても大変なのはゴミの処理くらいだ。タープやテーブルはコンパクトに簡単に畳むことができるので、そんなに大変ではない。

厨房も〈物質転送《アスポート》〉で送ってしまえば、あとはナイジェルが何とかしてくれるしね。

抽選券は専用の四角い箱の中に全て投入して、抽選の準備をする。

「そろそろ、景品を用意し始めてくれるかな」

僕たちはカイゼルの言葉に頷くと、残しておいたテーブルを店の入り口の前に持っていく。景品をテーブルの上に置いて、抽選で選ばれた人たちに渡すためだ。

カーン！　カカッ！　カーン！　カーーーーーーーン！

カーン！　カカッ！　カーン！　カーーーーーーーーン！

僕たちがそんな準備をしていると、町の鐘が大きく鳴り響く。何かを察知したのか、グランもハンモックから降りて僕の元に駆け寄る。

「この鐘の鳴らし方……緊急事態か!?」

カイゼルが難しい顔をして、鐘が鳴る方角に目を向ける。

カーン！　カカッ！　カーン！　カーーーーーーーン！

カーン！　カカッ！　カーン！　カーーーーーーーン！

「間違いないで、これは緊急事態の鳴らし方や」

「アル！　〈詳細検索《ディティールサーチ》〉を広域で！」

「わ、分かった」

イーリスもカイゼルに同意すると、リアが僕に〈詳細検索《ディティールサーチ》〉を使うように告げてくる。

「〈エグゼキュート《実行する》　ディティールサーチ《詳細検索》　ワイドマップ《広域地図》〉」

僕は〈詳細検索《ディティールサーチ》〉の算術魔法式を展開する。僕の目の前にアインツ周辺の地図が広がり、凄まじい数の光の点を映し出す。

総合学園にはかつてないほどの青い光の点が集まり、アインツ全体にもかなりの青い光の点がある。この学園祭を目当てにかなりの人が来ているということだろう。

そして範囲を拡大すると……

「な、なんだこれ!!」

僕は思わず絶叫する。

「ど、どうしたんだ!?」

オスローが心配そうな声を上げる。

「南東の森から、凄まじい数の敵性反応がやってきてる。その数……1万以上！」

僕の〈詳細検索《ディティールサーチ》〉が捉えたのは、地図を埋め尽くすほどの赤色の点。それが全てこのアインツに向かってきている。

「1万!?」

「ス、大氾濫《スタンピード》かっ!?」

「や、やばいで！　こんな大量のお客さんがアインツに集結しているところに、大氾濫《スタンピード》やなんて！　学園祭を見に各州のお偉いさんも集まってるんやで!!」

「あぁ、これはヤバい！　最悪国がひっくり返るぞ!!」

悲鳴に近い声を上げるリア、そして大氾濫《スタンピード》を予想するウォルト。今の状況から危機を危惧するイーリス。そして最後に最悪の事態を想定してカイゼルが声を荒らげるのだった。

第08話　大氾濫《スタンピート》

大氾濫《スタンピード》とは、普段は深い森や山の中に生息する虫や獣が、何らかの要因で一斉に移動してくる現象だ。氾濫した川が有無を言わさず進行方向にある全てを薙ぎ倒していくのにも似ている。

発生要因は、強大な存在による縄張りの変更や、飢えから食料を求めて……など諸説あるが、その理由は未だ解明されていない。

「何度かあの森には足を踏み入れたけど、食料は豊富にあったし、そんなに強力な敵の気配もなかったはずよね」

「あぁ、しかし最近、本来は警戒心が強く自ら進んで攻撃してこない剣歯栗鼠《ソードトゥース・スクワロル》が、我を忘れたかのように襲ってきたっていう事例を聞いた。何かしらが森で起こっていたことを匂わせるな」

顎に指を当てながら真剣な表情で考え込むリアに、冒険者ギルドでの会話の内容を思い出して告げるウォルト。

「とにかく急いで対応を行わなければ……まずはエレン学園長に指示を仰《あお》ぐべきだな。だが……この人の多さ、探すのは一筋縄ではいかないし、我々がバラバラ散らばってしまい連携が取れなくなるのも問題だな……」

カイゼルが首を捻りながら思考の海へと没入する。

『ふむ。これはまずいですね』

そんなカイゼルを見ていた僕の頭の中に、眼鏡さんの呟きが聞こえる。僕が何がまずいのかを聞こうとした時、僕の〈詳細検索《ディティールサーチ》〉が最大限の警鐘を鳴らす。

『来ます！』

森の奥深くで膨大な魔力が解放され、そのエネルギーが破壊の力となって、学園に向けて一直線に放たれる。

一瞬で視界に拡《ひろ》がった黒紫色をした光線が、多くの人が来場している学園に襲い掛かる！


ギャリギャリギャリッッッ!!


黒紫色の破壊光線は、学園を守るように展開されたドーム状の障壁に阻《はば》まれる。障壁と鬩《せめ》ぎ合っている部分は、いくつもの細長い六角形を並べたような光の盾が浮き出ており、黒紫色の破壊光線――黒紫光《こくしこう》――を受けて激しく明滅している。

ギャリギャリギャリッッ!!

しばらく、光の障壁と黒紫光は硬いもので削り合うような音を立てながら、鬩ぎ合っていたが、黒紫光は徐々に減衰していき、やがて消える。何とか耐えきった光の障壁だが、黒紫光と接していた部分は弱々しく明滅し、今にも砕け散りそうだった。

この光の障壁は、以前僕が強化した防衛機構で、竜吼《ドラゴンブレス》にも耐えうる性能があるはずだ。それが1発で砕かれそうになるなんて……

『ふむ、障壁が弱いわけではなく、障壁に供給する魔力が足りてないようじゃな。もっても次の1発……といったところじゃろう』

龍爺さんが防衛機構の状況を見てそう断ずる。

「な、なんだ。今の……」

「い、今まで見たことのない、い、異質の力のように感じます。し、強いて言うなら、イ、魔蟲将《インセクトジェネラル》の力に、ち、近いかもです」

呆然とするオスローに、自信なさげにキーナが答える。

「確かに、魔蟲将《インセクトジェネラル》が最後に使った魔法もあんな色だった気がする」

オスローがキーナの話に納得したのか首を縦に振る。

「ちょ、ちょっと、アルカード君!!」

光の障壁と黒紫光が衝突していた場所を見上げていた僕たちの元に、エレン学園長がやってくる。

「あなたが強化した障壁は竜吼《ドラゴンブレス》も耐えられるって聞いていたんだけど、今の大丈夫なの!?」

「あぁ、エレン学園長。丁度良かった、我々も探しに行こうかと思っていたんですよ」

「抽選結果の確認をしようと思って、ここに向かっていたので丁度良かったわよ！　そこに警報とあの魔力砲でしょ？　何とか防いだみたいだけど、次撃たれたらどうなるかって！」

エレン学園長がカイゼルに向かってまくし立てる。確かにすぐ連絡が取れて今後の動きを相談できるのは助かったけど、ここに来る最初の動機が抽選って……

「え、えっと。防衛機構には問題がないそうです。ですが、魔力の充填《チャージ》が足りてません。今、充填《チャージ》されている魔力量では、次の1発で崩壊します」

僕は先ほど龍爺さんから聞いた話を、エレン学園長に伝える。

「ま、魔力の充填《チャージ》が足りないって……あの装置、普通に尋常じゃない量の魔力を充填《チャージ》していたはずだけど」

「えぇ、してましたが、先ほどの黒紫色の破壊光線の威力が桁外《けたはず》れだったようです」

「ど、どうしましょう……とてもじゃないけど学園の魔法講師を集めても、砂漠に水を撒《ま》くように、ほとんど効果が期待できないわ。あと1発でダメって……」

エレン学園長が頭を抱えてしまう。

「それならば私たちが力になれないかな？」

混乱している人々でごった返している中、落ち着いた男性の低音が耳に入ってくる。

振り向いた僕の目に入ってきたのは、白と緑色の長衣を身に纏《まと》った長身の男性だ。

「昔はあなたが設立に携わり、今は娘が通う学園ですものね。壊されるのを見て見ぬ振りはできないでしょうね」

その横には男性と同様の長衣を纏った女性が寄り添い、声を掛ける。

「父様《ととさま》と母様《かかさま》なのだっ！」

その姿を見た翠が、現れた2人に飛びつく。

「賢王様《ヴァイゼル》！　竜妃様《ケーニギン》！　……竜族であるおふたりの魔力なら結界の維持は可能かもしれません」

2人に歩み寄ったエレン学園長が喜びの表情を浮かべる。

「でも、結界を制御する部屋へは私が案内しないと行くことができない。その間、学園の統制は誰が……」

「では学園の統制は私に任せてくれませんか？」

エレン学園長が呟くと、少しの間を置いて自信に満ちた澄んだ声が耳を打つ。

「あなたは……」

エレン学園長が振り向くと、特待生の制服に身を包んだ淡い群青色《コバルトブルー》の長い髪を持つ、穏やかな表情の女生徒と視線が合う。

「ナターシャさん。確かにあなたならば任せられるわ」

エレン学園長が納得したように頷く。彼女はナターシャ・フォン・メイアガルド。五州家の1つであるメイアガルド家の令嬢であり、学園の生徒会長を務める人物だ。怜悧《れいり》な頭脳を持ちながら、穏やかな性格をしている希有《けう》な人物であり、貴族の肩を持ちすぎず、平民にも等しく接し、そして癖の強い学園生や講師に対しても上手に立ち回れる辣腕《らつわん》の人物だ。

噂では、3年生の中で随一の魔力と家柄と組織力を持つツァーリですら、生徒会長選挙においては、彼女との対決を避けるために立候補を取り下げたとも言われている。

「ナターシャさんに学園を任せたとして……大氾濫《スタンピード》が町に入る前に防げるかしら……万が一侵入された時に町を守れるほどの指揮が執れる人物は……」

ここ数十年、一部地域において小さないざこざはあるにせよ、戦争らしい戦争は起きていない。そして全ての州と接点を持つアインツ周辺は、五州家の緩衝地域となっており、町の運営には政治的な才能が重要視され、軍事的な手腕を求められることは少ない。

そのため、アインツの町長には政治に長《た》けた人物が選ばれることが多い。また州でもないため、軍隊はなく、衛兵隊が町の治安を守っており、こういう大規模災害が発生した場合、陣頭指揮を執れる人物がいないのだ。

「カイゼル。防衛の指揮はあなたが執りなさい」

静かだが凛とした声が、ナターシャ生徒会長の後方からカイゼルに向けて発せられる。突然命令されて驚いたカイゼルが、声のした方に視線を向ける。

「あ、姉上……」

「サ、サフィーア様……」

軽食カフェに来てくれた時とは、打って変わった表情と声色で、カイゼルのお姉さんであるサフィーア様が発言したようだ。急なサフィーア様からの命令に呆然とするカイゼルとウォルト。

しかし抜群に優秀とはいえ、一介の学生であるカイゼルが町の防衛の指揮を執るなんて、経験的にも身分的にも難しいのではないだろうか？

「このような危機に関しては、現在この大陸を任されているロイエンガルド家が率先《そっせん》して立つべきです」

「あ、姉上！　それは極秘事項……」

「黙りなさい！　このような危機に極秘も思惑《おもわく》もありますかっ！　まだ学生の次男とはいえ、州主の責務を果たしなさい‼」

その朗らかな容姿から想像もできないような、鋭く苛烈《かれつ》な一喝《いっかつ》が響く。

「え？　カイゼルがロイエンガルド家の次男？　あれ？　確かローランドって……」

「ローランドはロイエンガルドの下流貴族の家名ね。あまり大々的に知られたくなかったから、家名を偽《いつわ》っていたんでしょうね」

僕が混乱しながら呟くと、リアが小声で僕の疑問に答える。この大陸の南西の州の主であり、今はアインルウム同盟国全体の盟主。それがロイエンガルド家だ。

「は、はい!!」

カイゼルが片膝を突き、右拳を左胸に当てて、命を受ける。

「ウォルト・フォン・シュツルムガルド、あなたはいつも通りカイゼルの護衛を命じます」

続いて鋭い声色でウォルトに命令が下ると、ウォルトもカイゼル同様に片膝を突いて頭を垂れ、右拳を左胸に当てて命を受ける。

「はっ、一命に変えましても!」

「愚弟を頼んだわよ、ウォルト?」

ウォルトが跪いたのを確認したサフィーア様は、急に纏う空気を一変させて、優しく朗らかな笑みを向ける。

「ウォルトもシュツルムガルド？　……五州家の内、直系3家がオレたちのクラスにいたってことかよ!」

「び、吃驚《びっくり》、です……あわわわわ」

「そんな気はしとったけど、これはビッグチャンスやな。でっかいコネクションができたで!」

オスローも驚きを隠せず、キーナは慌てふためく。流石というかイーリスは逆にガッツポーズを決めている。

「じゃあ、私たちは学園の統制をお手伝いしましょう。少々年月が経ちましたが、私たちも元は学園生。学園はよく知っていますので」

「サフィーア様……最も平等で穏やかな3年を作り出したと言われている伝説の元生徒会長サフィーア・フォン・ロイエンガルド様ですよね⁉」

「あらあら、そんな風に言われていたのね。恥ずかしいわ」

冷静沈着なナターシャ生徒会長が頬を紅潮《こうちょう》させて興奮している。その言葉を聞いたサフィーア様が頬に手を当てて、恥ずかしそうに微笑む。

「一般客も多く残っているので、サフィーア様のお手を借りられるのは、とても心強いです」

「あら、でも私たちはお手伝いですので、指揮はお願いしますね。あと……町中に侵入されることを想定すると、町の人を学園に避難させた方が良いと思いますわ」

「となると、学園の外から中に誘導してくれる責任者が必要ですね。カイゼル様は防衛の指揮を執るとなると、その対応はできないですね……」

ナターシャ生徒会長とサフィーア様が会話を交わしながら、周りに目を向けて、1人ひとり確認する。そして、僕たちのところで目をとめる。

「あら、あなた……ヒルデガルド家の方ではなくて？」

「え？　あ？　わ、私？」

急に声を掛けられたリアが驚く。

「確かカイゼルの話だと、剣と魔法の腕が立ち、機転に優《すぐ》れ、小隊規模の指揮は任せられそうな人物と聞いていますわ」

「そ、そんな……」

サフィーア様からの人物評に狼狽《うろた》えたリアは、勝手なことを、とカイゼルに鋭い視線を飛ばす。

そして全く意に介さずにカイゼルがウインクを飛ばす。

「町の人たちの学園への避難誘導はあなたにお任せするわ」

「は、はい。頑張ります！」

州主であるロイエンガルド家の長女からの指名とあって、リアも任命を受ける。

「となると、防衛かつ避難誘導、遊撃に回せる仲間は、アル君、オスロー君、翠嬢、キーナ嬢、イーリス嬢か……」

「あ、避難誘導には声が通るイーリスに手伝ってもらいたいわ」

「なるほど、大氾濫《スタンピード》からの町の防衛となると、防壁から範囲魔法で敵を薙ぎ払う必要がある。そっちには幾多の範囲魔法が使えるキーナ嬢に向かってもらいたい。強敵も交じっているだろうから、それに対しては遊撃としてアル君、オスロー君、翠嬢に当たってもらうか」

カイゼルがリアと相談しつつ僕たちへの指示を行っていく。

「キュキューキュィッ（我もいるぞ）!!」

「グランは翠と一緒に行くのだっ!!」

ハンモックから飛び降りてきたグランが抗議の声を上げると、翠が抱きかかえる。

「では、各々……」

「ちょっと待ってもらえない？　私たちも手伝わせて」

決められた担当で動こうとした時に、僕らの周りで様子を窺っていた一般学園生から声が掛かる。

「2年生のサクラ・フジマキよ。剣の腕には覚えがあるから、遊撃か避難誘導に加えて欲しいわ」

「同じく2年のシリウスだ。弓の腕には自信がある。防壁からの狙撃に使ってくれ」

「3年生のスレイと言う。範囲魔法が得意なので、シリウス君と同様に防壁での攻防に役に立てると思う」

軽食カフェを初日に堪能してくれていた3人が真っ先に名乗り出ると、次々に周りの学園生たちも手を上げる。

「分かりました。先輩方ありがとうございます。学年と学科を教えてください、部隊を編制しますので」

「俺たちも手伝うから、その編制に加えてくれないか？」

カイゼルが学園生の編制に乗り出そうとすると、僕に馴染みのある声が掛けられる。

「父さんに母さん！　それに……シグルスおじさん！　とランスロット！」

声の主は僕の父さんだった。元A級冒険者の父さんと母さんにシグルスおじさん、その従魔である跳びネズミ《ラニー》のランスロットがいるなら、どんな強い敵が現れたって平気だろう。

「お前ら3人が揃っているなら、オレも当然そっちだよな？」

「ゴルドー先生！」

「おうよ。久しぶりに黒竜殺し《ブラックドラゴンスレイヤー》集結ってわけだ」

ガハハハと笑いながら、当たり前のように父さんたちの隣に入っていく上機嫌なゴルドー先生。

「で、伝説の、え、A級冒険者パーティ……そ、それが、さ、再結成なんて」

キーナが大興奮しながら、父さんたちを熱い眼差しで見る。

「相変わらず細《ほ》っせぇな。肉食ってるか？　肉」

「お前と一緒にするな。私は無駄なエネルギーは思考が鈍るから摂らない主義なんだ」

「じゃれるな。一刻を争う事態だぞ？　しっかり指示を聞いて町を守るぞ！」

ゴルドー先生がシグルスおじさんに絡んでいると、父さんが窘める。

「では編制を進めさせてもらう。悪いアル君、私は編制に少し時間が掛かるので、先に防壁に向かって防衛の準備を進めておいてもらいたい」

カイゼルが僕に指示を出す。

「分かった。けど、取りあえずみんなの武器を渡したいから、厨房の方へ」

「あぁ、承知した。皆さん少々待っていてもらいたい」

みんなに武器を渡すべく、僕たちは周りの人の視線を遮りやすい厨房に向かう。そして僕は〈物質転受《アポート》〉の算術魔法式を展開して、青藍極鉱《アダマンタイト》製の武具をクラスメイトに手渡していく。

「みんな気を付けて」

「それはこっちの台詞《せりふ》よ。いつも無茶ばっかりするあなたが一番心配だわ」

「あはははは！　違いないな!!」

一通り武具を渡し終わった僕が言った言葉に、リアがすかさずツッコミを入れてくる。オスローが豪快に笑うと、みんなの顔に笑みが浮かぶ。

「命を大事に頑張ろう。連絡はカフェ同様、これを使ってな」

カイゼルが、耳に付けた遠話のイヤーカフに触れながら言う。

「有効距離は確か……」

「変な魔力溜まりや遮蔽物がなければ30㎞《キロメートル》くらいは届くと思う」

カイゼルの質問に、僕は即答する。

「予備はあるのかい？」

「あ、うん。３つなら」

僕は〈物質転受《アポート》〉で手元に引き寄せて、カイゼルに渡す。

「一般人に機能を気付かせずに、機密を守れる人物にしか渡せないが……とりあえず姉上に1つ、アル君の家族に1つ、予備として私たち防衛指揮組に1つといったところか」

カイゼルが遠話のイヤーカフの使い道を決めると、僕とオスロー、キーナに翠、グランは軽食カフェを離れた。

「アル！　しっかりな！」

「気を付けるのよ」

「無理はしないように」

「キュキュッキュー」

「ガハハハハハハ!!」

グッと親指を立てた父さんの左手と母さんの右手が同時に突き出される。相変わらず仲の良い夫婦だ。シグルスおじさんとランスロットも心配してくれるが、ゴルドー先生は豪快に笑っているだけだった。

「うん。気を付けて頑張ってくる」

「おう」

手をヒラヒラさせる父さんに見送られ、僕たちは、大氾濫《スタンピード》が到達するであろう南門へ向かって移動する。

僕たちは学園を飛び出すと、警報に戸惑ってしまっている人々の間をすり抜けながら、城壁で囲まれているアインツの南門へと急ぐ。

都度〈詳細検索《ディティールサーチ》〉を掛け直して、大氾濫《スタンピード》を確認していると、まだ接近するまで時間が掛かりそうだが、最初に確認した時よりも赤い光点が増え、密度が増しているように見える。

裏路地も使いながら、最短で南門へ到達する道を選んで走り抜ける。普段は立ち入らないようにしている人気のない路地も使う。

幸い住人や難癖を付けてくる人には出会わずに、南門まで駆け抜けることができた。

南門は既に大氾濫《スタンピード》に備えて閉じられており、僕たちは門の側で緊迫した表情で会話をしている2人の衛兵さんのところに向かう。

「アインツ総合学園の生徒です。エレン学園長の指示で防衛の手伝いに来ました」

「あぁ？　今は緊急事態なんだ。質《たち》の悪い冗談はやめてもらいたいんだが」

僕が話しかけると、気が立っているのか衛兵さんの1人が胡散臭《うさんくさ》そうな目で僕たちを睨む。

「いや、彼らは冒険者登録もしている学生だから、冗談ではないだろう」

もう1人の衛兵が僕たちのことを覚えていたみたいでフォローしてくれる。

「そういや学生なのに、頻繁に南の森に狩りに行っている奴らがいるとか……」

「彼らのことだ。君は衛兵隊本部からの指示で急遽《きゅうきょ》こちらに回されたから、知らないかもしれないが、ある意味有名人だぞ、彼らは」

そして僕たちが防壁の上から応戦したいことを伝えると、すぐに防壁上に上れる階段を教えてくれる。

僕たちが階段を上り、防壁から南東方面を望むと、遠くから大量の何かがやってくるのが確認できた。

「こりゃ30分かからない内に来るぞ」

防壁の高さは8m《メートル》で、そこから見渡せる平原の距離は約10㎞《キロメートル》。例えば平原に住む一角兎《ホーンラビット》の走る速さは最大40㎞《キロメートル》／h。全力でないとしても20㎞《キロメートル》／hは出る。となると、オスローの言うとおり30分程度で、ここまで到達してしまうだろう。

「うーん。凄く強そうなのが1体、ちょっと強そうなのが2体、森の奥の方にいるのだ」

翠が遠くを見ながら呟く。翠は竜族だけあって人間より魔力感知に優れているので、魔力が強い存在を見つけたのだろう。

『確かに、厄介そうなのが固まっておるのぅ』

『竜娘の嬢ちゃんと坊主ならともかく、他にはちょぃいと荷が重いかもな』

『それより、第2射がきますよ？』

僕も改めて〈詳細検索《ディティールサーチ》〉の条件を魔力の強さにして検索し直そうとすると、3人の声が響く。

「ヤバいのだっ!!　またアレが来るのだ!!」

間を置かずに翠が危機を告げると、僕の〈詳細検索《ディティールサーチ》〉も強大な魔力反応を検知する。目を凝らして魔力の元となる森の奥を見てみると、アインツから見て南東奥の方角に黒紫色の球が出現し、魔力の高まりに応じて、その黒紫球が膨れ上がっていく。

「急がないとヤバいのだ。みんな翠の背中に乗るのだ」

翠はそう言うと防壁から飛び降りてしまう。続いてグランが躊躇せずに僕の肩の上から空中に身を躍《おど》らせる。

「キーナはこのまま防衛をお願い。オスロー行くよ！」

僕はそう伝えると、グランに続き、防壁から飛び降りる。

「えぇ？　こっから飛び降りるのかよ！」

オスローも不安げな表情を浮かべながらも意を決して飛び降りる。

「化身《けしん》解除なのだっ!!」

翠が人化の術を解除すると、透き通るような翠色の鱗《うろこ》を持つ、全長15ｍ《メートル》にもなる竜の姿に戻る。

その背に、僕、グラン、そしてオスローが着地する。

「キュッキュィーキュキュキュッキュッキュー（遊撃隊出撃なのである）！」

グランはチョコチョコと翠の首を伝って、頭の上まで行くと仁王立ちし、これから向かう先を指さす。

「おぉ、翠は本当に竜だったんだな」

「その通りだ。では一気に突っ込む。風の防壁があるから吹き飛ばされないとは思うが、振り落とされぬようにするのだ」

背に乗ったオスローが感心していると、竜に戻った翠が少し落ち着いた声色で注意を促し、一気に高度を上げる。翠が竜形態に戻って飛翔する時は、その速度に耐えられるように、周辺に楕円形をした風の防壁が自動展開される。これは風のみならず、音や熱をも遮断してくれるので、風で吹き飛ばされたり、外気温で凍《こご》えたりすることはない。


ガッッッッッ！！！


高度を上げた僕たちの下を、空気を劈《つんざ》きながら、黒紫球から放たれた黒紫光が走る。

ギャッギャッギャッギャッギャッッッッ！！！

そして1発目同様に学園の障壁に衝突し、耳障りな音を立てる。だが先ほどと違い、黒紫光を防いでいる細長い六角形の光る盾は、弱々しい光で明滅を繰り返しており、すぐにでも破られそうだ。

ギャッギャッギャッ!! パリーーーンッッッ!!

何かが割れるような甲高い音と共に障壁の一部が砕け散り、減衰しているとはいえ、かなりの破壊力を伴った黒紫光が校舎の屋上を削り取る。

ドーム型に湾曲した障壁のお陰で、黒紫光の直撃コースを逸らすことができたらしい。だが、障壁は損傷してしまったので、次の1発を防ぐことは難しいだろう。

「急ぐのだ」

翠は一気に加速して南東の森目掛けて飛翔する。

黒紫球が発生した場所に急ぐ僕たちの先で、黒い靄のようなものが膨らみ始める。最初は気のせいかと思って目を擦っていたが、靄がどんどん広がっていくので、僕の目の錯覚ではないみたいだ。

そして、その靄は広がりながらも僕たちの方に向かってきているように見える。

「アレは嫌な感じがする。薙ぎ払うのでしっかり掴まっているのだ。グラン、背中の上に戻るのだ」

グランが頭の上から僕の元へと走り寄るのを確認した後、翠は鎌首をもたげるように頭部を振り上げて、腹の奥の方から何かを口に充填させる。

頬を最大まで膨らませ、口の中の何かを吐き出す。

ドォォォォォォォッツッツ！！！

凄まじい爆音と共に、真っ赤な炎が黒い靄に向かって解き放たれ、翠の首の動きに合わせて左から右へと靄を横薙ぎにする。黒い靄の中央を一文字に炎が焼き尽くす。

「うぉっ！　これが竜吼《ドラゴンブレス》かっ!!」

オスローが興奮気味に声を上げる。

「ぬう、半分くらいしか巻き込めなかったのだ」

けふっと残り滓《かす》の煙を口から出して、僕たちの無事を確認する翠。竜吼《ドラゴンブレス》の一射で黒い靄の半分以上を消滅させることができたが、まだ半分は健在だ。

ズバァァァアッツッ！！！

黒い靄に注視していた僕たちの下から衝撃波が襲いくる。

竜吼《ドラゴンブレス》後の隙を突かれた予想外の下からの攻撃は、翠の風の防護膜を貫通し、竜の鱗すら切り裂く。バランスを崩した翠が体勢を崩し、落下し始めてしまう。

「おいおい！　落ちたら洒落《じゃれ》にならねぇぞ!!」

「翠!!」

「キュイッツ（スイ）!!」

背に乗っている2人と1匹が叫ぶと、翠はすぐに体勢を整えた。ホッとしたが、まだ危機は去っていない。

下でこちらを見上げているのは、とんでもない大きさの蟷螂《カマキリ》で、体勢を整えた翠に向けて、その鎌を鋭く振るう。

その鎌の先から、空気を切り裂くような斬撃が僕たちに迫りくる。さっきの衝撃の正体は、この蟷螂《カマキリ》から放たれた斬撃だったようだ。

蟷螂《カマキリ》の全身は黒い殻で覆われており、その外殻も硬そうだ。そして、眼は真紅に染まっており、まるで魔黒石に汚染された生物のようだった。

そして近付きつつある黒い靄の正体も分かった。どうやら飛行する蟲《むし》の群れのようで、ブブブブ……と翅《はね》を高速振動させる不快な音が耳に入ってくる。

「前と上と下を同時に相手するのはつらいのだ」

「だよな。俺は翠の背にいても役に立ちそうもないから、下のを足止めするわ。アルはあの魔力砲の原因を潰しに行ってくれ」

「え？　でも、あの蟷螂《カマキリ》、魔黒石で魔獣化している可能性もあるし、相当強そうだよ？」

「あのでかさだもんなぁ……ま、倒すのは難しくても、足止めくらいはできるだろ。アルの作ってくれたコレもあるしな」

オスローは斧槍《ハルバード》を軽く叩いてウインクする。彼は体長が３ｍ《メートル》以上もあり、更に強化もされていそうな蟷螂《カマキリ》を単独で足止めするという。

「やっぱり僕も……」

「ダメだ。アルは魔力砲の方に行ってくれ。あの蟷螂《カマキリ》が本当に魔黒石で魔獣化されているなら、あの魔力砲は魔蟲将《インセクトジェネラル》が放っている可能性がある。アイツを放っておいたら町がもたないだろ？　翠、悪《わり》ぃ。飛び降りられる高さまで下がってくれるか？」

「承知したのだ」

僕が引き留めようとするが、オスローは毅然《きぜん》と言い放ち、翠に依頼する。翠はそれに応え、蟷螂《カマキリ》に向かって下降し始める。

前方の蟲の群れがこちらに到達するまでに、オスローを降ろして迎撃準備を整える必要がある。

「あーあー、こちらオスロー。森の奥の方に来たんだが、前方に飛行する蟲の群れ、下に魔獣化した蟷螂《カマキリ》、飛行する蟲の群れの奥に、魔力砲を放ったやつがいる模様。地上からの蟷螂《カマキリ》の斬撃がヤバいので、これから二手に分かれるわ」

遠話のイヤーカフを通じてオスローがみんなに状況を発信する。

「魔獣化した蟷螂《カマキリ》？　この大氾濫《スタンピード》も魔黒石関係なのかしら？」

「よく分からんが、多分そうなんじゃないか？」

リアの心配そうな声が遠話のイヤーカフから聞こえ、オスローが適当に返す。

「あぁそうそう。魔黒石でしたっけ、少々調べましたよ。やはりあれは生物を魔の眷属にさせる代物で、魔の眷属と化したものは、魔獣と同等以上の身体強化、素体とした生物の特性強化を行うようです。魔の眷属の特徴としては、真紅の眼と黒い体躯があります」

「その声はシグルスおじさん？」

「えぇ、そうです、アル君。魔獣化した生物は脅威度が2ランクほど上がると考えてください。Eランクの生き物がCランク相当になります。一角兎《ホーンラビット》が多頭毒蛇《ヒュドラ》になるくらいですね」

「なるくらいって……相当な強化に思えるんですけど」

シグルスおじさんが魔黒石の研究結果を教えてくれた。僕たちは夏休みに魔黒石に汚染された生物の強さを体験した。その時の感覚とも合致するような内容だった。

下降した僕たちを、真紅の大きな複眼で追っている蟷螂《カマキリ》は、その巨大な鎌状の前足を振り上げる。そして、こちら目掛けて鎌を振り抜くと、その先から斬撃波が放たれる。

「フン、そんなのには当たらないのだ」

翠は得意げに鼻を鳴らすと、身体を捻りながら斬撃波を躱《かわ》す。

「ぬぉなのだ！」

調子に乗っていた翠の行動を読んでいたかのように、回避先に2撃目の斬撃波が飛んできていた。

咄嗟に避けることができたのだが、バランスを崩した翠に、更なる追撃が放たれる。

「ここまでで大丈夫だ。あっちは頼んだぜ相棒《アル》！」

僕の隣で翠にしがみついていたオスローが、まだ地上まで10ｍ《メートル》はあろうかという高さなのに、翠から飛び降りる。

「うおぉぉぉぉぉぉ!!　流星墜《りゅうせいつい》!!」

更に翠を狙って放たれた斬撃波に対し、縦方向に1回転しながら、青藍極鉱《アダマンタイト》製の斧槍《ハルバード》を叩き込む。

ズシャァァアッツ!!

圧縮した空気が弾けながら霧散し、その空気に押されてオスローの落下速度が減少する。

「まだまだぁぁっ!!」

更に蟷螂《カマキリ》の頭目掛けて、減衰したとはいえ、まだ残っている回転力と落下の力を加えた一撃を再度放つ。

蟷螂《カマキリ》は薙ぎ払うように鎌を横に振り、オスローの側面から一撃を加えていなしてしまう。だが、オスローは左手に固定された小盾《バックラー》で身を守る。

青藍極鉱《アダマンタイト》製の小盾《バックラー》は、その硬度に見合うように衝撃を吸収し、オスローは吹っ飛ばされながらも体勢を整えて着地する。そして僕の方を向くと斧槍《ハルバード》を高々と掲げる。

「ここは俺に任せて先に行け！」

地上にいる敵に興味はないとばかり、大きな複眼を空にいる翠に向けたままの蟷螂《カマキリ》の足に対して、オスローが斧槍《ハルバード》を叩き込む。しかし蟷螂《カマキリ》の外殻は相当硬いのか、オスローの攻撃を簡単に弾き返してしまう。

だが邪魔だと感じたらしく、その大きな複眼をオスローに向け、翠から意識が逸れる。

「ここはオスローに任せて行くのだ」

翠はそう言うと、再び上昇を開始する。

「オスロー！　気を付けて!!」

僕が大声で声援を送ると、オスローは蟷螂《カマキリ》と対峙しながら、斧槍《ハルバード》の先を揺らす。

「さぁて、ちょいと荷が重いがやるかね……」

オスローは初めて使うのに妙に手に馴染む青藍極鉱《アダマンタイト》の柄を握りながら、自分の身長の倍以上もある蟷螂《カマキリ》を見上げて、言葉を零すのだった。

†

魔力砲の発射地点は明確で、縦横に拡がった黒い靄の東側の部分。僕たちを魔力砲の発射に伴い、木々が薙ぎ倒されて作られた筋が走っている。

その筋の根元に、恐らく魔力砲を放った者がいると思う。その地点に到達させないようにしているのか、黒い靄が立ち塞がるように拡がっている。

僕たちは地上からの攻撃をオスローが食い止めてくれている隙に、前方を覆い隠すような黒い靄に近付いていく。近付いていくと分かるが、この黒い靄の正体は数百匹の蜂の群れだった。蜂の大きさは80cm《センチメートル》ほどだろうか。単体で戦う分には問題なさそうなのだが、この数で一気に攻撃されては、対処するのは難しいだろう。

「接近されると面倒なのだ」

ドォオオオッツ!!

さっきより距離が近いのか、溜めを小さくした竜吼《ドラゴンブレス》を翠が放つ。その高火力で放たれた爆炎が、接近する蜂を焼き落としていく。

だが周りからすぐに補填されるのか、靄の大きさは全く変わらないように見える。

「キリがないのだ」

「キュキューッキュィッキュキュ（どうやら本体は奥のようだ）」

翠の竜吼《ドラゴンブレス》が空けた穴の先で、グランが何かを見つけたらしい。

「じゃあ、あの気持ち悪いのを突破するのだ。アル、グラン、しっかり掴まっているのだ！」

翠はそう言うと翼を大きく広げて羽ばたき、十分な加速を得ると、手足を小さく折りたたみ、空気の抵抗を小さくし、弾丸のように飛翔する。

そして飛翔時に形成される空気の膜で、雲霞《うんか》の如く群《むら》がる蜂を弾き飛ばしながら、黒い靄を突き抜ける。

「あれか、グラン？」

「キュイッキュ（である）」

突き抜けた先に見えたのは、森の真ん中に木々を薙ぎ倒して無理矢理作られた平地と、そこから突き出た巣の出入り口のようなものだ。その穴から次々と蜂が空に飛び立っている。蜂は僕たちの方に来ているだけでなく、森中に散っていっているようだ。

『ふむ。どうやら地下に巣を作っているようですね。蜂は木の洞《うろ》や軒下《のきした》など、雨露を防げる巣に適した場所がない場合、地面の中に巣を作ることもあるそうです』

『1匹1匹があのサイズだと、相当でかい巣になっていそうだな』

『出入り口があそこだけであれば、やりようはあるじゃろう』

グランの見立て通り、そこが蜂の巣の出入り口であることは間違いなさそうだ。

「キュイキュユキューキュキュキュイィッキュ（やつら、何かおかしなことをしているな）」

グランが森の一角を見ながら伝えてくる。僕もそちらに目を向けると、森の中でも厄介な部類に入る、4本の腕を持つ二対腕熊《デュアルアームベア》の後頭部に蜂が取り付き、首元に針を突き入れているのが分かる。

針を注入された二対腕熊《デュアルアームベア》は、身体を痙攣《けいれん》させながら前に倒れ込み、また腹から針を出し切った蜂も、力尽きたのかその脇にボトリと落ちる。

しかし、しばらくすると、二対腕熊《デュアルアームベア》が再び激しく身体を痙攣させた後、何事もなかったかのように起き上がり、我を忘れたように町に向かって走り出していく。

そういった光景が森のあちらこちらで起こっているのが確認できた。

「な、何をしているのだ？」

「わ、分からないけど、この大氾濫《スタンピード》の原因の1つではありそうだよね」

『蜂の中には捕食対象の脳内に毒を注入し、行動を意のままに操るものがいます。恐らく、それと似たようなことをしているのかと思います。ですが……明確に統一された行動を取らせるのは難しいと思うんですがね』

大氾濫《スタンピード》の原因かもしれないその現象と眼鏡さんの知識を、僕は遠話のイヤーカフを使ってみんなに知らせる。

「とにかく、これ以上蜂の数を増やして大氾濫《スタンピード》を拡大するわけにはいかない」

「分かったのだ。まずは、あの巣を潰すのだ」

僕の言葉に頷いた翠は、巣を目掛けて速度を高めていく。

「むぅ、また魔力が集まっているのだ」

巣を目指して飛ぶ翠が、３度目の魔力の高まりを察知する。魔力が収束している位置は思った通り、女王蜂《クイーン》の巣からやや東に逸れた場所にあった。

「急いで翠！　障壁がもうもたなそうだ！」

「分かってるのだ」

翠は速度を上げて接近しようとするが、僕たちを阻むように森の中から一気に蜂が飛び立ってきて周辺を取り囲んでしまう。

「３射目の充填が始まっている！　気を付けて！」

この囲みを突破するのが難しいと考えた僕は、遠話のイヤーカフでみんなに危険を伝える。

「〈炎の礫群《ファイアボルツ》!!〉」

僕の魔法によって発生した数十個の炎の礫が、蜂を正確に撃ち抜いていく。遠くの敵は翠の竜吼《ドラゴンブレス》、近い敵は僕の魔法で焼き払っているが、数が多すぎて、殲滅《せんめつ》できる気がしない。

翠の竜吼《ドラゴンブレス》も連射ができるものではなく、広範囲を一気に焼き払うには、それなりに溜めが必要だ。

だが溜めている間に、蜂の群れが押し寄せてくるので、場当たり的に竜吼《ドラゴンブレス》を使わざるを得ない状況だ。

そうこうしている内に、魔力の高まりは臨界点を超え、僕たちのすぐ目の前とも思える距離から、３度目の黒紫光が発射される。

僕は後ろを振り向き、その行方を追う。

ギャッギャッギャッギャッッッ！！！

2射目で破られかけた障壁だが、まだ何とか機能しているようで、弱々しく点滅しながら黒紫光を受け止めている。

そして、ガラスが砕けるような甲高い音がして今度こそ障壁が砕け散り、黒紫光が校舎に突き刺さると爆煙を上げる。

「あんなのまた撃たれたら、本当にヤバいのだ！　アル、先にあっちを何とかするのだ！」

「キューキュキュッキュイキュイキュキュ（こっちは我らに任せるのだ）！」

「でも、こっちも僕がいて何とか均衡《きんこう》を保っているんだけど……僕がいなくなったら、蜂が押し寄せてきちゃうよ」

「翠1人なら、アルたちを気にせずに、どーんっと突っ込んだり、逃げたりできるのだ。心配しないで先に行くのだ」

確かに翠の言う通り、翠1人なら無茶な制動を掛けながらの飛翔もできるだろう。僕の懐から飛び出したグランも翠と一緒に残るようだ。

でも翠もグランも蜂に取り付かれて、二対腕熊《デュアルアームベア》のように針を刺されてしまったら……

「翠の鱗は、あんな針刺さらないのだ」

「キュイ、キュッーキュ、キュォォッキュキュキュキュキュイ、キュイキュォッキュ（主よ、我はあのような遅い攻撃は食らわん。だから急ぐのだ）！」

「わ、分かった。２人とも、くれぐれも気を付けるんだよ！」

不安を払拭《ふっしょく》するよう急かす翠とグランに後押しされて、僕は発射地点に向かうことを決心する。

夏休みにリアを助けるために使った空中歩法の天駆《あまがけ》を使えば、何とか発射地点に向かえそうだ。

「翠、グラン。悪いけど、ここはお願い！」

「分かったのだ」

「キュイキュキュ（任せておけ）」

僕は翠の背中の上から飛び出すと、足下の空気を圧縮し踏み台にして、宙を駆け始めるのだった。

「キュキューキュッ、キュキュグルルルル（というわけで、巨大化発動）!!」

「グラン！　取りあえず巣に全力で突っ込むから、後は頼むのだ」

「キュィッ（承知）！」

翠は巨大化したグランと共に巣に向かって吶喊《とっかん》するのだった。

†

蜂の相手を翠とグランに任せた僕は天駆《あまがけ》を使い、蜂の群れの手薄なところを抜けて、南東の方角にある黒紫光の発射地点と思われる場所に急ぐ。黒紫光で森に大きな傷跡ができているので、その先端に向かえば良い。

3射目を放ってから時間が経っていないので、4射目までは、まだしばらくの猶予《ゆうよ》はあるはずだ。

「もうこれ以上は撃たせないぞ！」

自分を奮《ふる》い立たせながら、空を疾駆《しっく》する。

「ヤット来タカ」

僕が発射地点に降り立つと、全身を黒い蟲の甲殻で覆った人型の怪物が待っていた。無理矢理声帯を震わせて出しているようなその声は、どこかで聞いたことがある。

「待チクタビレタゾ」

「その姿、その声は、やはり魔蟲将《インセクトジェネラル》か」

僕は青藍極鉱《アダマンタイト》製の小剣《ショートソード》を抜くと、真っ赤な複眼で僕を見据えている魔蟲将《インセクトジェネラル》に構えを取る。

「ソウダ。ヒルデガルドデハ世話ニナッタナ」

待ち構えていたのはリアの実家で遭遇した強敵で、確かに魔蟲将《インセクトジェネラル》であれば、黒紫光のような強力な魔力砲を放てるのも納得だ。僕が戦った時も、濃密な魔力を圧縮した魔法を放とうとしていたからだ。

「何故こんなことを！」

「何故？　俺ヲ散々虚仮《コケ》ニシテクレタ貴様ニ言ワレタクハナイワ!!」

　僕が憤りを抑えきれずに問うと、そんな言葉と一緒に、右手で黒い魔力弾を放ってくる。

　魔蟲将《インセクトジェネラル》は、何故か常に左手を頭上に掲げたままだ。その左手の先には黒紫色の小さな球が揺らめいている。

「散々虚仮にする？　何のことだ」

「シラバックレルナ！」

　右手1本から放たれる黒い魔力弾を躱しつつ、僕も〈炎の礫群《ファイアボルツ》〉で相殺《そうさい》した上、余った炎の礫で魔蟲将《インセクトジェネラル》を攻撃するが、黒い外殻に弾かれてしまっている。生半可な攻撃魔法は、あの外殻に全て阻まれてしまうだろう。

「町や学園には一般人もいるんだぞ！〈鉄突槍《アイアンピアース》！〉」

「一般人ナド知ッタコトカ！　俺ハ俺ヲ認メナカッタ学園ト貴様ヲ、コノ世カラ消セレバ、ソレデ十分ダ」

　足下に発生させた〈鉄突槍《アイアンピアース》〉をサイドステップで躱しながら、魔蟲将《インセクトジェネラル》は複数の黒い魔力弾を絶え間なく放ってくる。

「学園？　認めない？　魔蟲将《インセクトジェネラル》は学園にいた？　魔黒石は取り込んだ生物を魔の眷属にする……まさか学園の関係者が魔蟲将《インセクトジェネラル》？」

魔蟲将《インセクトジェネラル》の言葉で頭の中に色々な考えが浮かんでは消える。

『ぼうっとするな坊主！　戦闘中だぞ!!』

僕のその隙を逃さず、一瞬で間を詰めてきた魔蟲将《インセクトジェネラル》が、右手を左から右に振るう。

ギンッ!!

魔蟲将《インセクトジェネラル》の右腕が僕の胸を切り裂くが、装着してあった青藍極鉱《アダマンタイト》製の胸鎧《ブレストプレート》がその攻撃を防ぐ。

胸鎧《ブレストプレート》を確認すると、薄い傷が付いている。魔蟲将《インセクトジェネラル》の腕に視線を向けると、いつの間にか右前腕に鋭い刃《やいば》が生えていた。

青藍極鉱《アダマンタイト》製の胸鎧《ブレストプレート》でなければ、切り裂かれて深い傷を負っていたかもしれない。

「厄介ナ防具ヲ身ニ着ケテイヤガル……マァ、ヤリヨウハアル」

魔蟲将《インセクトジェネラル》の上に掲げた左手の先にある黒紫球は、少しずつ大きくなっていっている。

『あれが学園を襲った黒紫色の魔力砲の正体じゃろうて』

「じゃああれを止めれば」

『魔力砲の攻撃は止まるでしょうね』

「生半可な炎系は通じない……強すぎたら森林火災。土系なら……発動が遅いから避けられてしまう……となると〈烈風連斬波《バーストマルチプルスラッシャー》〉」

複数の風刃を飛ばす中級風魔法を発動させる。１m《メートル》はある真空の風の刃が生まれ、魔蟲将《インセクトジェネラル》に襲いかかる。

「マア、ソンナトコロダロウ」

魔蟲将《インセクトジェネラル》は右手を前に突き出すと、透明な壁のようなものを生み出す。何故分かるかというと、その壁の周辺の景色が微妙に歪《ゆが》んで見えるからだ。

僕の〈烈風連斬波《バーストマルチプルスラッシャー》〉がその壁に触れると、全て軌道を曲げられ逸れていき、周りの木々をいとも簡単に切断していく。

僕の使う〈防御殻《シールド》〉に非常に似た性質なのかもしれない。これを破るには強力な魔法で破壊するか、魔力切れになるほどの飽和攻撃を行うしかない。

となると、遠距離では千日手《せんにちて》になりそうなので有効なのは接近戦だ。

「3連瞬斬《トリニティスライサー》‼」

2学期に入ってからも訓練を重ね、以前より磨きの掛かった3連攻撃を繰り出す。その攻撃は魔蟲将《インセクトジェネラル》の予想以上だったようで、まともに反応されずに体躯に傷を刻めた。

だが、そんなのはお構いなしと繰り出された魔蟲将《インセクトジェネラル》の膝蹴りが、僕の腹にめり込む。そして宙に浮いた僕に更に回し蹴りが放たれる。

咄嗟に小手《ガントレット》で回し蹴りを受けるが、宙に浮いた身体は踏ん張りがきかず、蹴り飛ばされてしまう。

魔蟲将《インセクトジェネラル》の膂力は高く、僕の身体は球のように蹴り飛ばされ、いくつかの細い木をへし折りながら止まる。

「シバラクソコデ寝テイロ。マズハ、ニックキ学園ヲ破壊スル」

僕が呻《うめ》いて転がっているのを確認した魔蟲将《インセクトジェネラル》は、掲げた左手に魔力を収束させていく。

黒紫色の魔力球が、直径10ｍ《メートル》もの大きさにまで膨れ上がる。

「サテ、ドコマデ持チコタエラレルカナ？」

そうして黒紫光の第4射目が放たれる。

ギャッギャギャギャギャッ！！！

黒紫色の魔力球の中心から黒紫光が発射され、空間を劈きながら、学園に一直線に向かい、障壁に命中すると同時に大爆発を起こす。

「なんてことを……」

何とか立ち上がった僕が町の方を振り向くと、もうもうと爆煙が立ち上っているのが見える。

「クハハハハハハ!!　コレダ!!　コノ光景ガ見タカッタノダ！！！」

右手で顔を覆い、左手は広げながら、癇《かん》に障《さわ》るひび割れた愉悦の笑い声を上げる魔蟲将《インセクトジェネラル》。その仕草は嬉しくて仕方ないといった様子に映る。

「これ以上はやらせない！」

僕はそう言って小剣《ショートソード》を構える。

「クハハハハハ！　大丈夫ダ。次は貴様ヲ屠ッテカラ楽シムトスルカラナ。ダガ、ソンナ必要モナイカモシレン」

「どういうことだ？」

「知レタコト。大氾濫《スタンピード》デ町ガ蹂躙《ジュウリン》サレルカラダ」

「大氾濫《スタンピード》もお前が!?」

「当タリ前ダ。コンナ大氾濫《スタンピード》ガ自然ニ起コル訳ナカロウ」

魔蟲将《インセクトジェネラル》はそう言うと、蟲と人間が混ざったような顔の口角を上げて笑う。

「貴様ラガ、ドンナニ足掻コウト、アインツノ壊滅ハ避ケラレナイノダ」

†

「被害状況を知らせろ！　防衛網の構築はどうなっている？」

3射目の魔力砲が撃ち込まれた直後、町の防衛指揮を執るカイゼルは、南門にほど近い場所にある、防衛塔の4階を司令室として借り受けていた。

防衛塔は4階までが司令室や待機室、会議室などで構成されており、その一角から細長い塔が伸びていて、アインツ全域を視認できるようになっている。

防衛塔はアインツ衛兵隊の所有物件であるが、カイゼルがロイエンガルド家の一員であることを証明する徽章《メダリオン》を提示し借り受けたのだ。

そして詰めていた衛兵を麾下《きか》に収め、連絡網の構築と兵力の増強を急がせていた。

「あの凄い魔力砲は、町ではなく学園を狙っていた様子です。したがって町の被害はごく僅かですが、学園の校舎には直撃したように見えるので、あちらの方は大変な状況になっていると思われます」

開きっぱなしのドアから入ってきて報告してきたのは、190㎝《センチメートル》を超える長身と鍛え抜かれた胸板を持ち、衛兵隊で支給された防具を窮屈そうに身に着けて、支給品とは思えない重厚な両手剣を背負った男だった。

「カイゼル様、久しぶりです。それにウォルト様は1ヶ月ぶりといったところでしょうか」

「あぁ、その節は世話になったと聞いている……ライル卿《きょう》」

「卿なんて呼ばれ方は久しぶりで、なんか自分のことじゃないみたいですね。今はしがないアインツ衛兵隊長をやってますよ」

ライルと呼ばれた男は、夏休み前の学期末実技試験の騒動に際して、上級生ギリアムの暴挙を暴こうとウォルトが町を調査している時に出会った人物で、シュツルムガルド州の暴風騎士団《ナイツ・オブ・テンペスト》に所属している騎士だ。アインツできな臭い異変が起こっているのを理由に派遣され、衛兵隊に入り込んだと報告に上がっていた人物だ。

「防衛の司令本部はここで良いのかね？」

カイゼルがライルと会話していると、大斧を背負い金属製の胸鎧《ブレストプレート》を着込んだ戦士と、紫色のローブを纏った痩身《そうしん》の魔術士が入ってくる。

「んぁ、学生？　部屋を間違えたか？　そこの学生、指揮官はどこにいるか知ってるか？」

司令室の中を見回した戦士がカイゼルとウォルトを見て不思議そうな顔をする。

「指揮官は、ここにおられるカイゼル・フォン・ロイエンガルド様だ」

少しむっとした声色でウォルトが答える。

「えぇ？　州主のご子息とは知らず、失礼いたしました！」

「気にしないでくれ。いきなりこんなところで州主の関係者が指揮しているとは思わないだろうし、今はただの学生だ。貴殿たちが分からないのも無理はない。それより、町の防衛網を早急に構築したい。手を貸してくれるか？　えっと……」

戦士と魔術士がいきなり平伏し始めるが、カイゼルは困ったような表情を浮かべながら、手で制する。

「冒険者ギルドのサブマスター、キールです。こいつは相棒のフィアットになります」

「よろしく頼む。キール殿にフィアット殿。私はカイゼル・フォン・ロイエンガルド。ハロルド・フォン・ロイエンガルドの次男になる。頼りないのは重々承知しているので、助けてくれたら嬉しい」

カイゼルが徽章《メダリオン》を見せながら身分を明かす。キールとフィアットは頭を上げて片膝立ちになると命を受ける。

「承知いたしました。冒険者ギルドのメンバーを総動員します」

「それは助かる。以前の事例とこれまで観察した内容を合わせて考えると、大氾濫《スタンピード》に組織的な行動は全くないと言って良い。つまりは陽動や多方面展開などが行われる可能性はとても低く、物量による一点突破のみだ。だが、その物量が半端ないから質《たち》が悪い」

「つまり？」

「警戒するのは南門だけで良いってことさ。大氾濫《スタンピード》の目標が何であるか分からないが、南門とそこから町に繋ぐ道を死ぬ気で塞げば、それ以上被害は増えない。ただその物量を押さえ込むことができるかが肝だ」

「なるほど」

いかにも腕力型《パワー》戦士の風体《ふうてい》をしているが、キールの把握能力は高いようだ。伊達《だて》に冒険者ギルドのサブマスターを務めていないということだろう。

「また獣だが、魔獣だと思った方が良い」

「魔獣？　この大陸で？」

「あぁ、この大陸では生息していないはずの魔獣だ」

流石に冒険者ギルドのサブマスターだけあって、他の大陸のことも知っているようだ。このアインツがある大陸は四方を海に囲まれており、外界から遮断されている。その為、生態系が他の大陸と異なっており、他の大陸では当たり前のように生息する魔獣が存在しない大陸なのだ。

「真紅の目と真っ黒な体躯を持つものは特に注意だ。脅威度が2ランクほど上がっている可能性がある」

「脅威度が2ランクも……金《ゴールド》や白金《プラチナ》の中級冒険者で何とかといった感じか」

「あぁ、だが斥候《せっこう》からの報告では、大氾濫《スタンピード》で暴走している獣の群れは、真紅の目を持つものの、真っ黒な体躯は持っていないようだ。それならば中級以下の冒険者でも問題ないと考えている。なので、まずは南門の防衛でできるだけ数を減らす。そして門が破られたことを想定した路上封鎖を行いたい」

「では、高火力の遠距離攻撃手段を持つ冒険者を南門へ。近接職や補助、回復が行える冒険者パーティは路上封鎖に参加……で良いですか？」

「あぁ、話が早くて助かる。それと情報が一番大事だ。できれば部隊1つにつき連絡要員を用意して、突破される可能性がある場合は、早めに連携してもらいたい」

「承知しました」

カイゼルの出した情報に驚きつつも、サブマスターであるキールとその相棒のフィアットは即座に内容を理解し、自分たちの役割を認識する。

「衛兵隊長のライルと協力して、とりあえずは主要街路《がいろ》を封鎖していってもらいたい。頼めるか？」

「承知しました」

ライル、キール、フィアットが右拳を左胸に当てて了承の意を示すと、通達するために足早に部屋から出ていく。

「学園は大丈夫だろうか……」

「姉君もいますし、賢王様《ヴァイゼル》、竜妃様《ケーニギン》もいらっしゃいます。何とかしてくださるでしょう」

カイゼルの心配を払拭するように、ウォルトが心配などないといった確信めいた表情を浮かべるのだった。

†

「そろそろ来るぞ！」

南門近くの防壁の上には、遠距離攻撃の得意な衛兵や冒険者が集結していた。キーナを含め、学園からは2年生のシリウス、3年生のスレイも参加し、迫りくる敵の群れを見下ろしていた。

1万を超える敵の群れは、もはや個体を識別することはできずに、ただの黒い大波のように見えてしまう。

「撃て!!」

防衛担当の衛兵が指令を下す。

待ってましたと言わんばかりに、防壁の上から様々な遠距離魔法が放たれる。まだ距離があるため、火力より射程を優先しているが、1発1発が対人なら致命傷を与えるほどの威力を秘めている。

しかし黒い大波に対しては焼け石に水のようで、確実に倒してはいるのだが、押し寄せる黒い大波が減衰しているようには見えない。

「〈豪炎《Flame》よ　彼の敵《Target》を　燃やし《Burn》　爆裂《Explosion》せよ！　豪炎爆《フレイムエクスプロージョン》!!〉」

そんな中、キーナの中級炎魔法が発動する。頭上に炎の塊が発生し、その視線の先に向かって高速で射出される。

ボグォッッッッーーンッッ!!

炎の塊が着弾すると、その地点を中心に大爆発を起こす。それは直径20m《メートル》にも及び、その範囲内にいた敵は爆発の衝撃で千切れ飛ぶか、熱の影響で全身が焼け爛《ただ》れて絶命する。また、その熱は周辺の敵をも焦がしていく。

「な、なんていう威力だ」

キーナの魔法の威力を見た衛兵や冒険者が唖然とする。

「あ、いや、その……」

いきなり周囲の視線に曝されたキーナは恥ずかしそうに俯くと、小さく縮こまってしまう。

「おいおい……あの火傷《やけど》で動けるって言うのかよっ‼」

キーナの〈豪炎爆《フレイムエクスプロージョン》〉の余波で体躯の半分以上が焼け爛れてしまった獣たちだが、平然と進軍を続ける。爆発により足が千切れている獣も同様に行軍を止めない。

「どうなっているんだ。あんな状態で前に進めるわけがない」

獣たちは目に真っ赤な光を灯しながら、傷つこうが体躯が動く限り歩みを止めずに、南門目掛けて進軍している。

「ま、魔黒石による、ま、魔獣化？　で、でも体躯は、く、黒くないし、つ、強さもそれほど、ま、増しては、いない……」

不気味な行軍を続ける獣の群れをじっと観察するキーナ。

「お嬢ちゃん、まだいけるか？」

「あ、はい。す、すみません。ま、まだ、大丈夫、です」

「とりあえず、できるだけ数を減らさんとな」

2年生の大弓使いであるシリウスから声を掛けられ、観察に集中していたキーナは、慌てて首をコクコクと縦に振る。

「そろそろ私の魔法の射程圏内ですね」

3年生のスレイが涼しい声で言いながら、一歩前に出る。

「〈雷迅よ《Lightning》　雨の如く降り注げ《Rain Incessantly》！　雷迅操雨《ライトニングレイン》!!〉」

スレイが獣の群れに向けて手を翳すと、その手の先から空気を焦がす匂いと共に、バチバチと火花を散らすいくつもの黄色に光り輝く球が放たれる。光の球は雨のように敵に降り注ぎ、着弾した端から次々と放電し破壊をまき散らす。

その範囲はキーナの〈豪炎爆《フレイムエクスプロージョン》〉と負けず劣らずだ。

「まだまだ行くよ？　〈雷迅操雨《ライトニングレイン》！〉……〈雷迅操雨《ライトニングレイン》！〉……更に〈雷迅操雨《ライトニングレイン》！〉」

スレイは疲れた様子も見せずに、魔法を連続して放ち、敵を殲滅していく。

雷系の魔法は扱いが難しく、階位としては中級から存在する。中級階位の雷系魔法は雷霆《サンダー》、スレイが使う雷迅《ライトニング》はその上である上級階位の雷系魔法だ。階位が上がるごとに、威力や範囲と共に消費魔力も増えていく。

本来ならこんなポンポンと簡単に連発できる魔法ではないはずだ。

「な、何で、そんなに、れ、連続で、つ、使えるんですか？」

「それは、ひ・み・つです」

驚いた顔で問いかけるキーナに、スレイは口元に人差し指を当てながら微笑を浮かべる。

「俺も負けてらんないな！」

隣に立っていたシリウスは大きな声でそう宣言すると、巨大な弓にふさわしい、太くて長い矢を3本ほど矢筒から取り出して番《つが》える。

そしてギリギリと引き絞ると狙いを定めて放つ。

「豪腕強弓　肆《し》の射！　連牙《れんが》!!」

強弓から放たれた矢が大型の獣に襲いかかる。狙いは岩石猪《ロックボア》だが、通常個体よりかなり成長している。背中や胸、眉間に首回りなどといった、可動部ではない急所を石の鎧で包んでおり、致命傷を与えにくい獣だ。

だが、シリウスから放たれた矢は、防護されていない目に突き刺さり、堅く守られている眉間と脊髄《せきずい》をそれぞれの矢が易々と貫く。

Gyagyagyaaaaa!!

足が千切れようが、体中焼け焦がされていようが歩みを止めないはずだが、何故か矢に貫かれただけで、岩石猪《ロックボア》は絶叫と共に身体を痙攣させて倒れる。

次々と城壁から魔法や矢が飛び、押し寄せる獣たちを倒していくが、表面を多少削り取るだけで、大氾濫《スタンピード》の勢いは全く衰えずに、獣の群れは城壁へと接近してくる。

そしてついに、大氾濫《スタンピード》の先頭が南門に到達する。

ドッ!!　グシャァアッ！！！

「え？」

「なっ！」

「こ……これは？」

門へ到達された危機感を一瞬忘れて、防衛していた者たちが絶句して固まる。

「特攻？」

門に到達したのは、森や草原によくいる一角兎《ホーンラビット》。本来は大人しく危機が迫った時に繰り出される強靭な脚力と角による突撃が脅威になる獣だ。

それが最大速度を保ったまま、角による突撃をするわけでもなく、ただただ、その速度のまま門に激突し、熟したトマトを壁に投げつけたかのように潰れ、絶命したのだ。

「ま、まじかよっ!!」

次々と迫りくる獣たちも全て同様だった。目を真っ赤に光らせながら、ただ速度と体格に物を言わせた体当たりを、自分の命を顧《かえり》みず敢行していく。

「く、狂ってやがる……こいつら」

衛兵の1人がふと漏らす。

「く。狂ってる？　ま、まさか、ル、〈狂気の宴《ルナティック・パレード》〉？」

その呟きで閃《ひらめ》いたのか、キーナの口から耳慣れない単語が零れる。

「〈狂気の宴《ルナティック・パレード》〉？」

すかさず近くにいたシリウスが聞き返す。

「は、はい。しょ、書物で読んだ、き、記憶なの、ですが……つ、月を、し、信奉する、じゃ、邪教の司祭が、使ったと言われる、ま、魔法、です。軍団魔法《レギオンマジック》で、し、信者全員の、り、理性を奪い、ただただ、は、破壊のみを行う、し、死兵に変える、ま、魔法です」

「マジかよ……だが、こいつらの行動、確かに似ている」

門は木製で閂《かんぬき》をしただけのよくある作りだが、それなりに強固で、一角兎《ホーンラビット》程度の突進では破られることはない。だが、もっと巨大で重い獣に突貫されたら防ぐことができないだろう。

「ヤバい！　アレを止めろ‼」

足の速い一角兎《ホーンラビット》や岩石猪《ロックボア》の後ろからやってきたのは、鎧角犀《アーマード・ライノセラス》。鎧を着込んだかのような硬い表皮と岩石猪《ロックボア》以上の突進力を持つ獣だ。普段は温厚だが、一旦敵と定めて走り出すと、その硬さ、重量から繰り出される突進で、幾多の冒険者に犠牲を強《し》いるほどの猛獣と化す。

その鎧角犀《アーマード・ライノセラス》が数十頭も一気に押し寄せてきたのである。

「〈豪炎爆《フレイムエクスプロージョン》！〉」

「〈雷迅操雨《ライトニングレイン》！〉」

「豪腕強弓　伍《ご》の射！　襲牙《しゅうが》!!」

強力な範囲魔法と、強弓による連射が鎧角犀《アーマード・ライノセラス》の群れに降り注ぐ。

「う、嘘だろ？」

「し、信じられない」

爆砕、感電、急所貫通されたはずの鎧角犀《アーマード・ライノセラス》の群れは、何事もなかったかのように、目を真っ赤に光らせながら南門に激突する。

ビキビキビキ……

鎧角犀《アーマード・ライノセラス》の群れの突撃に耐えられるように設計されてはいない門が、軋《きし》んだ音を立てる。

ビキビキビキ……ベキィッ!!

そして門の限界を超え、無情にも門《かんぬき》が開け放たれてしまう。

「カ、カイゼル！　も、門が、や、破られ、ました!!」

キーナの慌てふためいた声が、イヤーカフを通じてみんなに伝えられるのだった。

†

「門が破られたみたいよ！　学園への誘導を急いで！」

町中にいるリアは、まだ避難が完了していない住民を誘導するべく、協力してくれている仲間に指示を飛ばす。

「まだ時間があるさかい、焦らんでもいいが、なるべく急いでなー」

「皆さん学園は安全です！　こちらから慌てないで進んでください!!」

「学園には十分な広さがありますので、心配しないでください！」

イーリスをはじめ誘導を手伝っている学園生たちが、大きな声で不安におびえる住民たちに声を掛けていく。

「でも学園は本当に安全なの？」

「なんか凄い魔法が直撃したって話じゃないか」

「家に閉じこもっていた方が安全なのでは？」

住民のあちこちから、こんな声が上がってきている。

確かに魔力砲の一撃が〈防護障壁《セーフティフィールド》〉を突き破った。だが、学園祭を見に来ていた魔術の心得があるお客さんと魔術士学科の学園生、そして講師が全ての力を合わせた〈防盾《シールド》〉の魔法により、何とか被害は最小限に留められたらしい。

そして朗報だが、賢王《ヴァイゼル》と竜妃《ケーニギン》が制御室に到着し、魔力供給をし始めており、その供給の仕方にも慣れ、今は数発の魔力砲に耐えられるほどの魔力が充填《チャージ》されているらしい。

3射目の魔力砲が障壁を破ったのは、2射目を防護した時に魔力を使い切ったことにより防御機構が一旦停止してしまい、再起動に時間が取られ、十分な魔力供給ができていなかったのが原因のようだ。

「門が破られたのなら流入を止めに行かないと……ここもまだ避難は完了してなくて申し訳ないんだけど……」

「だ、大丈夫です。ここは任せてください。それより町をお願いします」

リアが伺うような視線を送ると、手伝いの学園生たちは表情に不安を浮かべながらも、彼女を送り出してくれる。

「ありがとう！　大氾濫《スタンピード》を防いだ後は、一緒にお茶でもしましょう！」

「えぇ！　それを楽しみに頑張るわ‼」

「そんな約束して大丈夫なん？」

「この危機に率先して立ち上がってくれた仲間たちよ。きっと良い関係を築けるわ」

「さよか。ま、リアはんが納得しとるんなら、えぇんやけどね」

リアは傍流とはいえ五州家の1つであるヒルデガルドの血を継ぐ者。本人はとても気さくに振る舞っているが、最上位の身分なので、お近づきになりたい人は多い。

リアとしても一緒に町を守って奔走《ほんそう》する学園生には好感を持ったので、多少下心があったとしても許容範囲だろう。

「南門からもっとも進行しやすい大通りは……ここねっ‼」

そう言ってリアはイーリスを連れて駆け出す。キーとなる地点には、優秀な指揮者が配置されているはず。その人に指示を仰げば、最も効率的な防衛地点に配置してくれるだろう。

南門からの大通りと南西と南東を繋ぐ通りが交差する地点に、衛兵が阻塞柵《バリケード》を作り、張り詰めた空気で迎撃の陣を敷いていた。

その中で一段と背が高く、暴風騎士団《ナイツ・オブ・テンペスト》の意匠が施された両手剣を背負った男が指揮を執っているのが見える。

「多分あの人が指揮官やね」

「えぇ……みんな、こっちは南大通りの阻塞柵《バリケード》前に来たわ。これから指揮者に指示を仰いで防衛に回るつもりよ」

「わ、私も、もうすぐ、そちらに、つ、着きます」

「キーナも来てくれるの？　それは心強いわ」

「わ、私だけじゃなく、ス、スレイ先輩、と、シ、シリウス先輩も、い、一緒、です」

イーリスが目聡く見抜き、リアが遠話のイヤーカフで連絡を取ると、すぐにキーナから返事が返ある。

「すんまへん。ここの指揮者はんでっか？」

「ん？　君たちは？　その制服にリボンの色……あぁ、カイゼル様が仰っていたクラスメイトか」

「あ、はい。カイゼルのクラスメイトのエストリア・フォン・ヒルデガルドと」

「イーリス・ウェストや。あと、遅れてキーナ・ストラバーグも来るで」

「ヒルデガルド家の令嬢と、ストラバーグ社の令嬢も……なるほど、カイゼル様はずいぶん個性豊かな人物たちと過ごしているのだな」

　イーリスが背の高い指揮官に話しかけると、すぐにカイゼルの関係者であることを察してくれる。その耳には、遠話のイヤーカフが陽光を反射してきらめいている。

「私は中央衛兵隊の隊長であるライル・フォン・ハーゲンダークだ。ここの防衛と周辺の指揮を任されている」

「ライル卿……暴風騎士団《ナイツ・オブ・テンペスト》の一員？　それは心強いわ」

「ほう、分かるか？」

「その巨大な両手剣《グレートソード》は暴風騎士団《ナイツ・オブ・テンペスト》の装備ですからね」

「なるほど、確かにヒルデガルド家の者なら分かってしまうか」

「それを着けているなら話は早いわ。兎に角、手薄なところを守りに来たの。これで指示してもらいたいのだけれども」

リアが自分の耳のイヤーカフに触れると、ライルもすぐにその意図を察する。

「話が早くて助かる。防衛の手はいくらあっても足りないんでな。現在門の近くで何とか食い止めているが、流れ込んでくるのは時間の問題だ。ここから南東に向かう道を進んでいくと、４つほど交差点を越えた先に、北に延びる細い道との交差点がある。そこを守ってくれるか」

「これから魔術士が合流するの。となると狭いところでは範囲攻撃が行えないから、もう少し広いところが望ましいわ」

ライルの指示に対してリアが意見を述べる。指揮官に従うのが正しい姿だが、それによって貴重な戦力が無駄になるのはもったいない。

「なるほど……となると部隊をシフトした方がいいな。すまない、南東3の部隊を南東5に配置するように伝えに行ってくれるか？」

「承知しました」

ライルはリアの意見に全く嫌な顔をせず、近くにいた衛兵隊に配置変更の伝令を指示する。

「ということで、南東３つ目の大きめの交差点をお願いしたい」

「承ったわ」

配置が決まったところで、息を切らせながら3人の学園生が走り寄ってくる。2年生の強弓使いシリウスを先頭に、3年生魔術士のスレイとキーナだ。キーナは何故かシリウスの小脇に抱えられて運ばれていた。

「だって息切れしてたら、すぐに魔法使えないだろう?」

シリウスは全く悪びれもせずに、キーナを地上に降ろすと、同じ2年生のサクラ・フジマキと合流すると言って駆け出していく。スレイも同じく3年生の仲間と合流すると散っていき、リア、イーリス、キーナは防衛網の引き継ぎに、南東3の地点を目指すのだった。

†

巣に向けて急降下する翠の背から、巨大化したグランが弾丸のように飛び出した。そして飛び立とうとしている蜂ごと巣の入り口を回し蹴りで破壊する。

グランを射出した翠は再び空中に舞い上がり、首を回して黒い靄を視界に入れる。

「取りあえず竜吼《ドラゴンブレス》を撃てるまでは蹴散らすのだ」

翠は大きく翼を羽ばたかせると、全力で飛翔する。人型の時に音速を超えられる翠。竜形態であれば、それより容易に音の壁を突破することができる。そして風の防護膜を纏った全長15m《メートル》の物体が、音速で飛翔すればどうなるか……

まず翠の正面方向の蜂の群れは避ける間もなく轢《ひ》き殺され、音の壁を突破したことによる衝撃波は、その周辺の蜂を粉砕する。更に押しのけられた空気が元に戻ろうとする力で乱気流が生まれ、そこに吸い込まれた蜂の群れは、互いにぶつかり合い、翅にダメージ負い落下していく。

何度か飛翔突撃を繰り返すことで、蜂を乱気流に吸い込み、いくつかの塊にしていく。

「一掃するのだ」

大量の空気を取り入れ、竜吼《ドラゴンブレス》の元を生成した翠は、まず蜂の群れに向けて風の通り道を形成する。

そして十分に溜め込んだ、圧縮させた酸素と水素を混ぜ合わせたガスを、一気に吐き出す。

そのガスは風の通り道を伝って加速し、その勢いのまま目標地点に到達する。そして翠が歯を鳴らしガスに着火する。

ドゴォォォォォォォツッッッッ！！！

急速に２５００℃以上に達した酸水素炎が蜂の群れに襲いかかり、焼き尽くしていく。翠はそのまま首の動きに合わせて風の通り道を制御し、塊全てを巻き込んでいく。

「けふっ……鼻の頭が熱いのだ」

久々の全力竜吼《ドラゴンブレス》で鼻の頭を少し焦がしながら、熱で焼け落ちていく蜂を眺めるのだった。

「キューン、キュィキュキュキュ（うーむ、根が深そうである）」

一方、巣の入り口を破壊したのは良いものの、地面深くに根を張って作られているであろう巣を覗き込み、グランが鼻を鳴らしながら小首を傾げる。

「どうしたのだ？」

そこに一仕事終えた翠が降りてくる。

「キュ、キュィッキュ、キュキュキューキュィッ（いや、女王蜂《クイーン》がこの下にいそうなんだが、どうあぶり出したら良いものかと）」

「んー、巣の中の空気を一気になくしたら、苦しくなって出てくるかもしれないのだ。ブレス袋がまたすっからかんなので、一気に吸い込もうと思うのだ」

翠はそう言うとぽっかり開いた入り口に近付いて口を開き、一気に空気を吸い込む。

魔力的な要素が働いているのか、破片などは一切吸い込まず、ひたすら空気のみが吸い込まれていく。

いくら地下深くに拡がっていても、１つしかない入り口から空気を吸い出せば、中は真空に近しい状態になるだろう。

しばらく翠がそうやって空気を吸いながら、ブレス袋に圧縮酸素と水素を溜め込んでいく。

「こんなもんなのだ」

お腹をさすりながら翠が巣から離れる。翠が空気を吸うのをやめたため、真空に近くなった巣の中へ猛烈な勢いで空気が流れ込んでいく。その暴力的な風の流れは巣内のあらゆるものを吹き飛ばし、壁に激突させ、破壊の限りを尽くす。

真空にされ瀕死状態になっていた蜂たちも、その体躯自身が槌《つち》となり、卵を破壊したあげく、窒《ちっ》息《そく》と衝撃で息絶えていく。

謀《はか》らずも翠の何気ない行動1つで、巣内の蜂は卵も含め全滅したのであった。

「うーん。強い魔力はなくなったのだ」

翠が巣の中にあった大きな魔力がなくなったのに気付く。先ほど翠が息を吸っただけで女王蜂《クイーン》は絶命したらしい。

「じゃあ、オスローの方がまだ戦っているので助けに行くのだっ！」

翠はそう言うと、背中にグランを乗せて、まだ強い魔力反応があるオスローの戦場へ向かって飛び立った。邪魔する蜂もいないので、あっという間に翠とグランは到達する。

やはり巨大な蟷螂《カマキリ》はオスローには荷が重かったようで、満身創痍《まんしんそうい》になりながら、何とか戦っているという状況だった。

「ちっ、貧乏くじだな！　これっ！」

巨大な魔力砲が放たれるのを背中に感じながら、オスローは巨大な鎌での一撃を青藍極鉱《アダマンタイト》の斧槍《ハルバード》で弾き返す。

自分の倍以上もある体躯から放たれる攻撃が軽いわけがなく、弾くことはできても、腕に痺れが残る。そう何度も簡単に受けられる攻撃ではない。避けられるものは何とか避けているが、避け損なった鋭い鎌が防具もろとも身体を切り裂いていた。

しかもリーチが違いすぎて、オスローの攻撃が碌に届いていない。黒光りする甲殻は硬いことは硬いものの、青藍極鉱《アダマンタイト》製の斧槍《ハルバード》なら、当たりさえすれば切り裂くことができる。

何度か鎌をかいくぐって接近し、後ろ足や腹に斬撃を浴びせて、それなりに傷を負わせてはいるが、蟷螂《カマキリ》の動きが衰えるほどではない。

「墜竜撃《ついりゅうげき》！」

「キュッキュィキュッキュッ（豪墜脚《ごうついきゃく》）！」

そんなオスローに苦戦を強いている巨大蟷螂《カマキリ》の上空から、竜形態を解いた翠とグランが技を繰り出しながら落ちてくる。

双方共に重力の力を借りた強力な一撃だ。外したら自分が地面に激突して大怪我を負いそうなものだが、双方共にそんなリスクは計算していないようだ。

ドガガガガッッ!!

完全な不意打ちで、なおかつとてつもない威力を伴った2人……2匹？　1人と1匹？　の攻撃は、巨大蟷螂《カマキリ》の頭を砕き、背中から腹までをぶち破る。

「あー、オレの今までの頑張りって何だったのよ？」

「足止めご苦労だったのだっ!!」

「キュィィキュキュキュイーキュキュキュ（見事な捨て駒だったのである）」

「あぁ、そう……兎に角助かったぜ。あーーーーーっ！　しんどかったっっっっ!!」

どっと疲れたオスローが地面に尻餅をつくと、身体を大の字にして倒れ込みながら大声を上げる。

「んあ？　魔力の残り滓？」

翠がぶち破った蟷螂《カマキリ》の胴体の中から、不穏な魔力を感じて近付いていく。

「これ、魔黒石なのだ」

腹の断面から見える真っ黒の魔晶石。それはリアの実家近くにある森で見かけたのと同じ魔黒石だった。

†

翠とグランが巣を破壊する数十分前。

町に入り込んだ獣たちが、避難指示に従わなかった住民目掛けて襲いかかる。

どうやら目標は学園生をはじめアインツの住民全てだったようで、人と見るや今までの無謀な突進ではなく、角による串刺しや、爪による切り裂き、牙による噛みつきなど、自分の体躯に備わった武器で人々を襲う。

「やらせないっ！」

逃げ遅れた人の背中に向かって、角を立てて突進してきた一角兎《ホーンラビット》を切り捨てながらリアが吠《ほ》える。

「〈大地《Earth》よ　彼の敵《Target》を　貫《Pierce》いて！　鉄突槍《アイアンピアース》!!〉」

突進してきた鎧角犀《アーマード・ライノセラス》に対して、キーナの魔法で発生した鉄槍が柔らかい下腹部に突き刺さる。

「何？　こいつら！」

「と、止まりません！」

胴深くと前足を切り裂かれた一角兎《ホーンラビット》も、下腹部に鉄槍が刺さった鎧角犀《アーマード・ライノセラス》も、痛みを全く感じていないように、突進してくる。

「絶閃《エンド・スラッシュ》！」

「一矢通貫《ピアース・シュート》！」

リアの横から強力な斬撃と正確無比な一矢が放たれ、鎧角犀《アーマード・ライノセラス》の首がゴロンと落ち、一角兎《ホーンラビット》の脊髄を矢が貫く。

「こいつらは脊髄を破壊しないと止まらないみたいだぜ？」

「敵を完全に殺すまで気を抜いちゃ駄目よ？」

にやっと笑みを浮かべているのは、アルの父親であるレイオット・ヴァルトシュタイン。弓を片手にウインクしてきているのが、アルの母親であるクリスティーナ・ヴァルトシュタイン。そしてゴルドーとシグルスの姿もある。

「た、助かりました。アルのお父様とお母様」

「ちょいと他人行儀だが仕方ねぇよな。っとコレだ」

「これですね」

レイオットが切断した鎧角犀《アーマード・ライノセラス》の延髄《えんずい》から何かを引き抜きシグルスに渡すと、彼はリアたちにそれを見せる。

「赤黒い針？」

「ですね。切断されてしまっているのですが、調べたところ長さは10〜20cm《センチメートル》の針で、微弱な魔力を発信しています」

「確かアル君の、ほ、報告で、お、大きな蜂が動物の背後に取り付き、え、延髄に針を打ち込んでいたと、き、聞いてます。そ、そして針を打ち込まれた動物は、く、狂ったかのように町に向けて、走り出したとも……こ、この針が動物たちを狂わせ、こ、この大氾濫《スタンピード》を、ひ、引き起こしたのではないでしょうか？」

キーナが辿々しくも、自分で立てた推論を口にする。

「ほぅ。確かに特待生クラスだけはありますね。その推論は概ね正しいです。ただ、これはもっと厄介で、女王蜂《クイーン》がこの針を受信機にして、針を通じて脳に命令を送って操っているのですよ。数が数だけに簡単な命令しか出せていないようですけどね。大陸の方に、これと同じ習性の蜂がいますので、それらの卵をこの大陸に持ち込んだ上、強化したのでしょう」

シグルスが遠話のイヤーカフに触れながら解説する。これによりメンバーたちとの情報共有が図られる。

「うーん。強力な魔力波によって通信が安定しないみたいですね。町中は大丈夫そうですが、遠方のアル君たちとは繋がらない状態です」

森の奥にいるアルとは繋がらないようだ。

「これをぶった切れば動きが止まるんで楽勝だ」

ゴルドーが針を指さして言う。

「あ……だ、だから、え、延髄を貫かれた獣だけ、う、動きを止めていた、んですね」

思い返せば、動きが止まった獣は全て延髄に致命傷を受けていた。目や首に傷を負っただけでは、止まっていなかった。確かにゴルドーの腕力《パワー》なら首ごと切断できるだろうが、速度《スピード》型や技量《テクニック》型の人は楽勝ではないはずだ。

「じゃあ、その女王蜂《クイーン》ってやつを倒せば大氾濫《スタンピード》が止まるの？」

「習性が同じならその通りです」

「は、はい。ア、アル君、翠ちゃん、オスロー君が倒すまで、耐え抜けば、か、勝ちではないかと」

「そりゃいい。息子が解決するまで切りまくればいいってだけか。シンプルで助かるぜ」

リアの質問にシグルスとキーナが首を縦に振り、レイオットが笑う。話を聞いたリアは素早く遠話のイヤーカフでカイゼルに連絡する。

その報告を聞いたカイゼルは、一縷《いちる》の望みを得たと言わんばかりに喜び、早速衛兵たちに、敵の急所が延髄であること、大元を叩けば大氾濫《スタンピード》が収束しそうだという情報を伝達させるのだった。

それにより士気の上がった衛兵と冒険者の防衛部隊は、圧倒的な数の獣たちに奮戦し、町を守るのだった。


「とはいえ、先が見えないのはつらい……わねっ！」

黒竜殺し《ブラックドラゴンスレイヤー》のパーティは更に手薄なところの支援に向かったため、またリア、イーリス、キーナの３人で敵の侵攻を食い止めている。

彼女たちには首を両断するほどの膂力がないので、敵の体勢を崩しながら急所を切り裂くしかない。キーナが足止めの魔法を使い、射線が通っている場合はイーリスの弩《クロスボウ》で、通っていない敵にはリアが回り込んで切り飛ばす連携を続けている。

キーナの魔力も、リアの体力も、イーリスの太矢《クォーレル》の残数も心許《こころもと》なくなってきており、このままで大丈夫なのかという心配が心を塗りつぶしていく。

そんな中、第何陣であろう大規模な獣たちの波が襲いかかってくる。身体のサイズが2回り以上も大きい三眼猿《ヒュプノエイプ》に二対腕熊《デュアルアームベア》、加えて双頭大蛇《デュアルヘッドパイソン》といった、中級冒険者でも危険だと言われる凶獣も含まれていた。

「あ、あんなの……」

「ちょっと、ヤバいわね」

リアたちの守る防衛地点にも、凶獣を含む数十体の獣が現れる。そして真っ赤に光る目を向けて標的を見定めると、口の端から涎《よだれ》を垂らしながら突進してくる。

「〈猛冷《Ice》よ！　彼の敵《Target》を　拘束《Bind》せよ！　猛冷縛鎖《アイスバインド》!!〉」

中級氷魔法の発動により地面から氷の蔦《つた》が生え、二対腕熊《デュアルアームベア》の足下から絡みつき、下半身を氷の蔦で雁字搦《がんじがら》めにする。

動物系は寒さに弱いので、かなりの拘束力を発揮する魔法だ。

バキィッツ！！！

「え？」

二対腕熊《デュアルアームベア》は、その太い豪腕を自分の下半身に振るい、氷の蔦を破壊する。そんな威力で破壊すれば、自分にも相当のダメージが発生するはずだ。現に表皮にはザックリとした切り傷が残り、蔦を破壊した両手の指も一部千切れ飛んでいる。

Ｇｕｒｕａａａａａａａ！！！

拘束の解けた二対腕熊《デュアルアームベア》が一気にリアたちに接近し、防御姿勢を取ったリアを突進で撥ね飛ばし、キーナに対して豪腕を振るう。

咄嗟に張った〈防御殻《シールド》〉の魔法で致命的な一撃は避けられたが、キーナは軽々と吹っ飛ばされてしまう。

そして二対腕熊《デュアルアームベア》はイーリスに狙いを定め、大きな足音を立てながら近付いてくる。

「や、やらせない……」

剣を杖代わりに突き立てて、ヨロヨロとリアが立ち上がる。だが、手負いは後回しと言わんばかりに二対腕熊《デュアルアームベア》はリアを無視してイーリスに向かっていく。

「嫌や……こんなんに敵うわけあらへん」

立ち上がったら２ｍ《メートル》近くあり、ぶっとい４本の腕を持つ熊の相手だ。戦士として訓練を積んでいなければ、恐怖で足がすくんで動けなくなってしまうだろう。

「〈炎の礫《ファイアボルト》〉」

リアが何とか魔力を練り上げて〈炎の礫《ファイアボルト》〉を二対腕熊《デュアルアームベア》に放つ。

しかし、〈炎の礫《ファイアボルト》〉は二対腕熊《デュアルアームベア》の剛毛に弾かれ、少し焦がしただけで消滅してしまう。

そして、二対腕熊《デュアルアームベア》は腕を振り上げ、必殺の一撃をイーリスに放つ。

「や、やめてっ!!」

リアが絶叫する。

Ｇｕ……Ｇａ……

まさに腕が振り下ろされて、イーリスの頭を吹き飛ばそうと迫った瞬間、二対腕熊《デュアルアームベア》の動きが止まり、空を見上げて痙攣し始める。

そして、しばらく痙攣した後、そのまま前のめりに倒れ込む。イーリスが慌てて脇に避けると、大きな音を立てて二対腕熊《デュアルアームベア》が受け身も取らずに地面に沈む。

身体を引きずりながらリアが二対腕熊《デュアルアームベア》の元に行き、小剣《ショートソード》の先で突いてみるが、反応がない。念のために無防備になった延髄に小剣《ショートソード》を刺し込み確実に仕留める。

周りを見渡してみると、二対腕熊《デュアルアームベア》と一緒に襲いかかってきた獣たちも全部同様に絶命しているようだった。

「ア、アル君たちが……や、やってくれたのかも、しれません……」

吹き飛ばされた衝撃で痛めたのか、腕を押さえたキーナがリアに近付きながら声を掛ける。

「カイゼル。いきなり獣たちが死んでしまったのだけど」

「そのようだな。他からも同様の報告が上がっている。そして大氾濫《スタンピード》だが、完全に停止したようだ」

リアがカイゼルに確認すると、どうやら大氾濫《スタンピード》を止めることができたらしい。

「良かった……」

「で、ですね……」

「し、死ぬかと思ったで……」

3人はその場で尻餅をつくと、ホッと溜息をつくのだった。

†

「オスロー、オスロー聞こえる?」

蟷螂《カマキリ》との戦いを終え、大の字になっていたオスローのイヤーカフに、リアの声が届く。

「あぁ、聞こえるぞ？」

「アルと繋がらないから、オスローに繋いだんだけど、どうやら大氾濫《スタンピード》は止まったみたいよ。蜂の親玉かなんか倒したの？」

「翠、蜂の親玉は倒したんだよな？」

「倒したのだ！　でも弱すぎでつまんなかったのだ!!」

「倒したらしいぞ」

「やっぱり、じゃあキーナの推測は正しかったのね。どうやら蜂に針を埋め込まれた獣たちが操られて暴走していたみたいよ。目が赤く光って強力になっていたところを見ると、魔黒石がらみな気がするのよね」

「っていうと、あの無茶苦茶強かった魔蟲将《インセクトジェネラル》とやらがいるかもしれないってことか」

「魔蟲将《インセクトジェネラル》？　アイツは強かったから楽しみなのだ!!」

リアから重要な情報が届く。オスローが気が付かないうちに翠とグランが大氾濫《スタンピード》を終息させていたらしい。

「じゃあ、アルを助けに行くのだー！」

「キュイッ（承知）！」

「よし、行くか！」

魔蟲将《インセクトジェネラル》がいるかもしれないということで、翠とグランは嬉々としているが、オスローは少し憂鬱な表情だ。溜息をつきながら竜形態になった翠の背に乗る。

「というか、グラン。お前万能だなぁ」

「キューキュィキュ、キュキュキューッキュィッキュ（そうなのである、感謝するが良い）」

グランの〈快癒《ヒール》〉により全快したオスローが、巨大化しても変わらないフワフワの跳びネズミ《ラニー》の毛並みを撫でつつ、アルの元へ向かうのだった。

第09話　魔蟲将《インセクトジェネラル》

魔力砲も放たれ、大氾濫《スタンピード》も止められていない状況に、僕はアインツの町や学園の仲間たちのことが気になり、焦ってしまう。

魔法を使った遠距離攻撃は不可視の盾に遮られてしまい、直撃させるには高威力の魔法で防御を抜くか、隙を見つけて撃ち込むしかない。逆に近接攻撃ならば、青藍極鉱《アダマンタイト》製の武器により、硬い甲殻を切り裂きダメージを与えられている。

焦りを募《つの》らせながらも、僕は魔蟲将《インセクトジェネラル》に接近し、近接攻撃を行う。３連瞬斬《トリニティスライサー》も織り交ぜながら、様々な剣技を放つが、ほとんど意味をなしていなかった。

「ドウシタ？　ソンナモノカ？」

僕が効果的なダメージを与えられていないのは、魔蟲将《インセクトジェネラル》が強力な潜在能力《アビリティ》を身に付けていたからだ。

「これなら、どうだっ！」

青藍極鉱《アダマンタイト》に魔力を纏わせつつ小剣《ショートソード》を振りかぶり、上段から力強く切りつける。

その攻撃を魔蟲将《インセクトジェネラル》は刃《ブレード》の付いた腕で受け止めようとする。先程僕の攻撃が刃《ブレード》ごと外殻を切り裂き、ダメージを与えたにもかかわらずだ。

硬く切れ味の鋭い青藍極鉱《アダマンタイト》製の小剣《ショートソード》に、更に魔力を纏わせて硬度を上げた一撃は、簡単に魔蟲将《インセクトジェネラル》の刃《ブレード》ごと前腕を切り裂き、小剣《ショートソード》が腕の半分ほど食い込む。

それなりに深い傷だが、魔蟲将《インセクトジェネラル》は気にもとめずに力を入れて、僕の小剣《ショートソード》を押さえ込む。

そして小剣《ショートソード》が抜けずに動きが止まった僕の首を、空いた左手で鷲《わし》づかみにし、吊り上げる。

「ぐっ……」

僕は呼吸困難になり、手から力が抜けていく。

「ソンナ簡単ニ死ナレテモラッテハ困ルナ」

小剣《ショートソード》を放してしまった僕を振り回すように、魔蟲将《インセクトジェネラル》は勢いを付けて旋回し、その勢いのまま地面に叩き付ける。

「ぐっはぁっ！」

背中から叩き付けられ、肺から一気に空気が吐き出されて咳き込む。そして足下で藻掻《もが》く僕を、昆虫のような鉤爪《かぎづめ》の付いた足で踏みつけてくる。徐々に体重を掛けられて、肺が潰され息も碌にできない状態で、胸から骨の軋む音が零れる。

魔蟲将《インセクトジェネラル》は、前腕に食い込んだ小剣《ショートソード》を無造作に抜くと、地面へと放り捨てる。

傷口から緑色の体液が溢れるが、その傷口がジュクジュクと泡立つ。その泡が収まると、確かに前腕の半分ぐらいまで及んでいたはずの深い傷が、まるで何もなかったかのように塞がっていた。

これが魔蟲将《インセクトジェネラル》が新たに身に付けたらしい自動回復の潜在能力《アビリティ》だ。リアの実家近くの森で片腕を切り落とした時には、傷口を闇の炎で焼いて止血するしかなかったはずだ。

この潜在能力《アビリティ》のせいで、さっきから何度も傷を負わせたのだが、その都度回復されてしまい、致命傷を与えられないでいたのだ。

「クハハハハハ。アノ、俺ヲ虚仮ニシタ平民ガ！　ヤット俺ニ膝ヲ屈シタゾ!!」

両手を広げながら天を仰ぎ、耳障りな笑い声を上げ、悦に入る魔蟲将《インセクトジェネラル》。

『こりゃ、回復が追いつかないくらいに連続でダメージを与えなきゃ無理だな』

『圧搾《あっさく》、溶解、炭化、切断、壊死《えし》、消失……それらの状態でも回復するんですかね？』

『自動回復の潜在能力《アビリティ》は魔力で自動的に事象制御しているようじゃな。膨大な魔力を持っているようじゃが、その魔力を削りきれば発動せんじゃろう』

『まずは、その自動回復の潜在能力《アビリティ》が傷を治癒するものなのか、再生させるものなのか、時を巻き戻すものなのかを知る必要がありますね』

『傷は治るようじゃから、まずは部位欠損させてみるべきじゃろうな』

『部位欠損か。じゃあ、まずは腕を切り落として様子を見てみろ』

魂魄たちの言葉が僕に光明を与える。確かに何のリスクもなく無限に再生し続けるとかは自然の摂理に反しているだろう。

僕は身体を少し傾けて、自分を踏みつける魔蟲将《インセクトジェネラル》の足の力を横に逃がし、そのまま足を押しのけて拘束から逃れる。

「〈炎の礫群《ファイアボルツ》！〉」

立ち上がる隙を作るために、炎の礫を足下から、時間差をつけて放つ。

ドドドドドッ！

炎の礫が魔蟲将《インセクトジェネラル》の外殻に焦げを作っていく。そして僕はそのまま小剣《ショートソード》が捨てられた方へ転がりながら立ち上がり、小剣《ショートソード》を拾い上げる。

「ん？　魔法が当たった？」

不可視の盾が間に合わなかったのか、近接しないと発動しないのか、どちらか分からなかったけど、接近してからの魔法は有効かもしれない。

「貴様ラ……マサカ……女王蜂《クイーン》ヲ？」

炎の礫を鬱陶《うっとう》しそうに振り払い、何かに気が付いたのか、首を傾げる。

「〈快癒《ヒール》！〉」

何故か追撃してこない魔蟲将《インセクトジェネラル》を警戒しながらも、僕は回復魔法を発動し、胸と肺に負ったダメージを癒やす。

そして呼吸を安定させてから、魔力と気力を体内巡回させ始める。

「アイツガ操ッテイタ獣ドモガ放ッテイタ慟哭《ドウコク》ト、集メテイタ怨念《オンネン》ノ力ガ失ワレテイル。コレデハ無限再生ガ……」

こちらを窮地に陥らせて勝ち誇っていた魔蟲将《インセクトジェネラル》だが、少し狼狽《うろた》えているように見える。

「クィーン？　怨念の力？　無限再生？」

様子の変わった魔蟲将《インセクトジェネラル》の呟きが気になったので、答えてくれるわけがないと思いつつも聞き返す。

「マァイイ。コレマデ集メタ負ノ力デ十分ナ魔力ハ得テイル。後ハ、貴様ノ手足ヲ捥《モ》ギ、動ケナクサセテカラ、アインツを潰シ、アノヒルデガルドノ女ヲ嬲《ナブ》リ殺シテヤロウ」

当たり前のように僕の問いに答えず、勝手に納得した魔蟲将《インセクトジェネラル》が、舌舐めずりをしながら、僕に真紅の複眼を向ける。

「ヒルデガルドの女？　……リアのことか？　でもリアを知っていて、僕を平民と呼び、そして僕らに恨みを持っている学園生って……まさか、お前の正体は！」

僕は心当たりのある人物の姿が脳裏に浮かび、魔蟲将《インセクトジェネラル》に呼びかける。

「俺ガ何者ダロウガ、モハヤ貴様ニハ何ノ関係モナイ。タダ殲滅スルダケダ！　学園ト生徒諸共ナ!!」

魔蟲将《インセクトジェネラル》はそう断ずると、数十個もの黒い魔力弾を放ってくる。

「そんなことをさせるか!!　鬼闘法《きとうほう》!!」

魔力と気力を練り上げた僕は、鬼闘法《きとうほう》を使い、一気に身体能力を向上させる。かなりの魔力と気力を使う技法《スキル》なので、長時間の使用は難しいが、この攻撃なら腕を切断できるだけの力を得られるので、自動回復の潜在能力《アビリティ》の絡繰《からく》りを知ることができるだろう。

増幅《ブースト》した身体能力で、黒い魔力弾を容易《たやす》く回避し、一気に接近して小剣《ショートソード》で切り上げる。

それを払いのけようと、魔蟲将《インセクトジェネラル》は刃《ブレード》の付いた右前腕を振り降ろす。

キンッ！！！

僕の斬撃と魔蟲将《インセクトジェネラル》の右前腕の刃《ブレード》が交差し、甲高い音が響く。

「ナ……マダソンナ元気ガアッタカ。既ニ絶望シテ諦メタト見エタンダガナ。ダガ、コノ体躯ニ貴様ノ攻撃ハ、モウ効カン。ソノ証拠ニ先ホド多少ハ傷ヲ負ワセラレタガ、モウ俺ノ刃《ブレード》ニ阻マレテ、傷1ツ負ワセラレナクナッテイルデハナイカ！」

自分の右前腕を一瞥した魔蟲将《インセクトジェネラル》が愉悦の表情を浮かべる。

ズッ……ボトリ……

だが一瞬の間を置いて魔蟲将《インセクトジェネラル》の前腕がズレたかと思うと、ボトリと地面に落ちる。僕の一撃が鋭すぎて、すぐに切り飛ばされずに、くっついていたようだ。そして思い出したかのように、切断面から緑色の体液が噴き出す。

「キキキキキ貴様アァァァァアァアッツ!!　殺ス殺ス殺ス殺スッ！！！」

魔蟲将《インセクトジェネラル》は切り飛ばされた腕を拾おうと無造作に手を伸ばす。

「そこだっ！」

更に僕はもう1歩踏み込むと、剣を横薙ぎに払う。

「グギャギャギャギャギャッツッ!!」

左膝目掛けて放った剣撃が、先ほどと同様に何の抵抗もなく切り飛ばすと、魔蟲将《インセクトジェネラル》はバランスを崩して後ろに倒れ込む。

「とどめだっ!!」

僕は飛び上がり、小剣《ショートソード》を逆手に構えて魔蟲将《インセクトジェネラル》の顔面に向かって突き降ろす。

「貫ケ」

飛び上がった僕を見て一言呟くと、魔蟲将《インセクトジェネラル》の周辺に3つほどの小さい黒紫球が生まれ、それが瞬く間に槍状に変化し、僕へと襲いかかった。

「ぐぅぅぅっっ！」

顔への1発は、何とか顔を背《そむ》けながら腕で振り払ったが、左肩と右脇腹に黒紫色の槍が突き刺さる。貫かれた周辺はジュクジュクと爛れ始め、猛烈な痛みが僕を襲う。

「許サン、許サンゾッ、平民!!」

右腕と左足を切断された魔蟲将《インセクトジェネラル》の背中が開き、透明な翅を広げる。その翅を激しく振動させると、ふわりと宙に浮く。

「ウギギギギギギギ!!」

そして体躯を縮めて力を溜めると、一気に解き放つ。

ジュボオッ！　ジュボオッ！

濁った沼から何かを引き抜くような不快な音と共に、魔蟲将《インセクトジェネラル》の右腕と左足が切断面から飛び出してくる。

『大丈夫か！　坊主！』

『腐食《ふしょく》属性の魔法じゃ！　一気に回復しないと治らんぞ！』

「くぅぅぅぅ……〈快癒《ヒール》〉、〈快癒《ヒール》〉、〈快癒《ヒール》〉」

右腕と左肩、右脇腹と1か所ずつ〈快癒《ヒール》〉で傷を全快させる。腐食属性の攻撃魔法は危険だ。回復を強いられるし、食らってしまったところからは継続的に強烈な痛みとダメージが発生する。

『うーん。自動回復の潜在能力《アビリティ》は再生のようですね。圧搾、溶解、炭化、切断、壊死、消失のどれをしても再生しそうです。ただ、相当量の生命力と魔力を消費してそうなので、何十回か部位を切り飛ばせば使えなくなるでしょう』

「な、何十回って……」

『それか、急所をぶち抜くかだな』

『普通は頭なんじゃがのぅ、こういった異形《いぎょう》の奴らは急所が普通と異なっていたりするから難しいんじゃ』

魂魄たちが頭を捻っていると、怒りで逆上した魔蟲将《インセクトジェネラル》が飛翔しながら突っ込んでくる。そして射程圏内に収めると腕の刃《ブレード》を僕の首目掛けて振るう。

咄嗟に身体を後ろに反らしながら、小剣《ショートソード》を下段から跳ね上げて刃《ブレード》を弾く。

「貫ケ」

魔蟲将《インセクトジェネラル》は再び複数の黒紫球を生み出し、その黒紫球から黒紫槍を放つ。弾速はあまり速くないので、至近距離で撃たれなければ体捌きと小剣《ショートソード》による切り払いで難なく無効化できる。

だが、その隙に上空に舞い上がった魔蟲将《インセクトジェネラル》は、再び翅を震わせて飛翔突撃をしてくる。

先ほどより距離があるせいか、体躯が霞《かす》むような速度に達している。

「〈多重防御殻《マルチプルシールド》!!〉」

避けきれないと判断した僕は、5枚の〈防御殻《シールド》〉を展開し魔蟲将《インセクトジェネラル》の飛翔突撃を防ぐ。その一撃の威力は高く〈多重防御殻《マルチプルシールド》〉を3枚もぶち抜かれていた。

これは翠の疾風嵐竜拳《しっぷうらんりゅうけん》（少し控えめ）と同等の威力で、まともに食らったら一撃で昏倒《こんとう》してしまうレベルだ。

〈多重防御殻《マルチプルシールド》〉で飛翔突撃を防がれた魔蟲将《インセクトジェネラル》は再び空中に停止し、こちらを少し窺うと、2度目の飛翔突撃の体勢に移る。

何度も同じ攻撃を食らうかと、僕はタイミングを見計らいながら魔法を発動させる。

「〈金剛突槍《ダイアピアース》!!〉」

ドンピシャのタイミングで〈鉄突槍《アイアンピアース》〉を強化し、槍の硬さを極限まで高めた〈金剛突槍《ダイアピアース》〉を発動させる。

魔蟲将《インセクトジェネラル》の飛翔突撃の角度を見定めて点対称に発生させた〈金剛突槍《ダイアピアース》〉は、飛翔突撃の威力を完全に削ぐと同時に、魔蟲将《インセクトジェネラル》に甚大なダメージを与えるはずだ。

ドゴアァッツッ!!!!!

強固な土壁に激突したような鈍い破裂音が響き、土煙が上がる。僕の想定通り、〈金剛突槍《ダイアピアース》〉は魔蟲将《インセクトジェネラル》を捉えたようだ。

土煙の中には2本足で立つ影が見えるが、立ち尽くしているだけで動きはない。少し距離を取った僕は土煙が晴れるまで、小剣《ショートソード》を正眼《せいがん》に構えて警戒する。

そして少しずつ煙が晴れていくと、その影の全貌が明らかになる。それは頭から胸までを消失した魔蟲将《インセクトジェネラル》だった。

「やった？」

普通なら頭が急所。魔蟲将《インセクトジェネラル》もピクリとも動かないところを見ると、やはり急所だったのだろう。

僕は魔蟲将《インセクトジェネラル》の状態を確認するために、警戒を緩めずにソロリソロリと距離を詰める。

そして失われた胸の辺りから緑色の体液を流しつつ動かない魔蟲将《インセクトジェネラル》を見て、胸を撫で下ろした。

『坊主！　まだだっ!!』

「えっ？」

筋肉さんの叫び声が頭に響く。

ズブリッ……

魔蟲将《インセクトジェネラル》の脇腹に生えている槍状の足が、左右から襲いかかり、僕の胴体を4本の足が貫く。

「ぐっ……がはぁっ」

内臓にまで達した足が、肺や臓器を貫き、僕は口から吐血する。力が抜けた僕の身体から、足が引き抜かれると、僕はその場に崩れ落ちる。

ズルリ……

そして、失われた魔蟲将《インセクトジェネラル》の胸と頭が、残された胸の部分から突き出てくる。

「そ……そんな……」

僕はその光景に絶望しながら、意識が遠のいていくのを感じる。

『ダメだ坊主！　意識を失ったら死ぬぞ!!』

『少年！　回復魔法を使いなさい!!』

『坊！　意識を繋ぐんじゃ!!』

魂魄たちの叫びが聞こえるけど、身体が痛くて苦しくて、僕の意識はそれから逃げるように沈んでいく。

頭が生えてきたばかりで意識が混濁《こんだく》しているのか、周りの状況確認をしていた魔蟲将《インセクトジェネラル》が、地面に沈む僕を暫くぼぅっと見つめてから、口角を吊り上げて笑いを浮かべる。

そして、手を真上に掲げると、魔力を収束させていく。

「アルーーーーーーーーーッ！！！」

そこに天空から緑色の輝きが流星のように落ちてくる。

「キュ、キュキュッ！　キューキュイッキュキュキュキューキュ（ぬ、主《マスター》！　コレはヤバいのである）!!」

「つうか、こんな速度で飛び降りろって、一般人のオレは死ぬっていうの!!」

目視が困難な速度で飛翔した翠から飛び降りて、僕の側に降り立ったのは、少し前に別れたグランとオスローだった。

「キュイッキュー（〈大快癒《メガヒール》〉）!!」

以前に聖属性に目覚めて大活躍したグランは、翠の特訓（すぐに壁に激突し満身創痍になる）を経て回復魔法をも会得《えとく》しており、瀕死の重傷を負った僕を一気に癒していく。

ドゴゴゴゴゴゴゴゴゴッッッ！！！

そして突撃した翠は、その大きな竜の顎《あぎと》で、魔蟲将《インセクトジェネラル》に食らいつきながら木々を薙ぎ倒しつつ速度を緩めていく。そして速度が落ち着いたところで空に飛翔すると、大きく首を振って魔蟲将《インセクトジェネラル》を地面に叩き付ける。

そして人型に化身した翠が、そのまま空中から魔蟲将《インセクトジェネラル》に襲いかかる。

「貫ケ」

僕にやったように魔蟲将《インセクトジェネラル》が迎撃の黒紫槍を放つ。掠っただけで皮膚が腐食しダメージを負う凶悪な魔法だ。

翠は身体を縮めて最小限の傷に留めながら落下し、落下と共に魔蟲将《インセクトジェネラル》に拳を繰り出す。翠の拳撃を受けた魔蟲将《インセクトジェネラル》の右肩が爆散する。

「アルの敵《かたき》なのだっ‼」

翠はそう言ってビシッと魔蟲将《インセクトジェネラル》を指さす。

「キュキュッ！　キュッキュイキュキュー（主《マスター》の敵なのだっ）‼」

僕を回復してくれていたグランもビシッと魔蟲将《インセクトジェネラル》を指さす。

「魔蟲将《インセクトジェネラル》は頭を潰しても再生するんだ。膨大な魔力を持っているけど、再生できないほどまで魔力を削るしかないみたい」

『ん？　でも相当に魔力が減ってますね』

『そりゃ、頭を生やしたんだ。相当魔力を食ってるんじゃないか？』

『理由はそれだけではなさそうじゃがのぅ』

僕がオスローたちに伝えている間に、僕の目を通じて眼鏡さんが魔蟲将《インセクトジェネラル》の魔力を測ると、相当に減っているらしい。

「……けど魔力が減っているみたいだから、今なら押し込めるかも」

「あー、さっきリアから連絡あったんだけどさ。大氾濫《スタンピード》止まったらしいぞ。で、獣たちに蜂の針が埋め込まれてて、それが理由で何とか、かんとかって」

「大氾濫《スタンピード》止まったんだ。それは良かった、1つ安心できることが増えたよ」

魔力のことを伝えると、オスローが大氾濫《スタンピード》のことを教えてくれた。

『確か先ほどクイーンとか怨念と慟哭の力がどうのこうのって言ってましたね……大氾濫《スタンピード》、強力な魔力砲、女王蜂《クイーン》、針の注入による傀儡化《くぐつか》、負の魔力の消失。なるほどそういうことですか』

『何か分かったのか？』

『えぇ、今回の大氾濫《スタンピード》は、蜂の針を注入された獣を、その針を通じて女王蜂《クイーン》が傀儡化し操り暴走させたもの。獣自身の負の感情や、大氾濫《スタンピード》を見た町の住民たちの恐怖の感情を針を通じて、女王蜂《クイーン》が収集、それを魔蟲将《インセクトジェネラル》が得ていたのではないでしょうか』

『なるほどのぅ、じゃからアヤツがあんなに強力な魔力砲を放ったり、体躯が再生できるほどの魔力を秘めたりしてたんじゃな』

『ですね。多数の獣が死に、町も被害を被っていましたので、相当な負のエネルギーを得ていたのだと思いますね』

『でも、もう女王蜂《クイーン》を倒したから、これ以上は補充されないんだろ？』

『えぇ、今持っている魔力が尽きたら、これ以上再生はできないと思われます』

数々の情報を繋ぎ合わせて眼鏡さんが答えを導き出す。

「じゃあ後は削るだけだ！　オスロー、グラン、もう一息頑張れる？」

「当たり前だ、親友」

「キューキュイキュン、キューキュイ（当然なのである、主《マスター》）」

「よし！　足止めしてくれている翠のところに行こう!!」

全快した僕は、オスローとグランと共に、魔蟲将《インセクトジェネラル》と翠が戦っている、50m《メートル》ほど離れた戦場へと駆け出す。

「ぬぅ、大したことないけど厄介な魔法なのだ」

人型になった翠は、肌のように見えている部分も、実は竜の鱗で覆われている。黒紫槍は鱗の表面を削っただけなのだが、腐食属性は厄介なようで、かなりの状態異常に対しての抵抗力と強度を持つ鱗もグジュグジュと一部が腐り落ち始めている。

魔蟲将《インセクトジェネラル》は接近戦に持ち込みたい翠に対して、アウトレンジの黒紫槍で対応してくる。

翠も魔法が苦手なわけではないのだが、初動が読まれやすく、すぐに回避されてしまうのと、接近戦が好きすぎるので、魔法を使うシーンが少ない。

「全ク、竜トイウノハ理不尽デ厄介ナ生物ダナ」

アウトレンジに徹していても、気を抜けば、凄まじい踏み込みで一瞬のうちに間合いを詰めてくる。そして空中にいても、馬鹿げた威力の対空技が飛んでくる。既に何度か体躯の一部を削り取られ、再生が必要な状況になっている。

「仕方ナイ。コノ切札ハ切リタクナカッタガ……」

魔蟲将《インセクトジェネラル》は、何度目かになる翠の接近に合わせて何かをしようとする。

「昇竜撃なのだっ!!」

ドゴォオオッツッツ！！！

翠の昇竜撃が魔蟲将《インセクトジェネラル》の左肩を襲い、爆ぜる。

「グウッ！　ダガ!!」

しかし、魔蟲将《インセクトジェネラル》の脇腹の槍足が翠の身体を捕らえ抱え込む。魔蟲将《インセクトジェネラル》の口があり得ない大きさに開くと、紫色の毒液がしたたる牙が、ギラリと光る。そして密着した翠の首筋にその鋭い毒牙を食い込ませ、そのまま毒腺から強力な毒を流し込む。

「幼竜ナラ殺シウル毒瘴百足《マイアズマ・センチピード》ノ毒ヲ、体内デ練リ上ゲタ腐毒。成竜デスラ殺セル強度ダ」

魔蟲将《インセクトジェネラル》が拘束を解くと、全身の力を失い顔が紫色になった翠が落ちていく。

地面に激突する寸前に、灰色のフワフワした影が翠を抱き留める。

「キュイキューキュキュア、キュキュ（大丈夫であるか？　翠殿？）」

「ちょっと怠いだけで大丈夫なのだ」

翠が紫色になった顔でグランに答え、フラフラと立ち上がる。

「〈清き水《Water》よ！　彼の者《Target》の毒を消し去り《Remove Poison》給え！　解毒《アンチドート》！〉」

「キュイッキュオー（〈浄化《ピュリフィケーション》〉）!!」

僕が駆け寄って解毒の魔法を発動させ、グランが浄化の魔法を発動するが、翠の顔色は戻らない。相当強力な毒のようだ。だがグランの〈浄化《ピュリフィケーション》〉により、鱗に受けた腐食が浄化される。

「多分、少し休めば大丈夫なのだ……」

尻餅をついて、肩で息をする翠が辛そうに言葉を吐き出す。確かに、紫色の顔色が少しずつだが晴れてきているような気がしないでもない。

「じゃあ、僕たちが何とかしてくるよ」

「翠にも取っておいて欲しいのだ……」

翠がまだまだ戦い足りないと言わんばかりにお願いしてくる。この気力があれば大丈夫だろう。

「強力な攻撃を叩き込んで、魔力を削ろう。腐食属性の黒紫槍は気を付けて」

「キュイッ（承知）！」

「ま、やってみるさ」

僕、グラン、オスローは失った左肩を再生している魔蟲将《インセクトジェネラル》に向かって駆け出す。

「キュキュォキュキュキュィッキューキュ（的は絞らせないのである）」

直進するグラン、左に流れるオスロー、そして僕は右方向から回り込む。一番危険なのは正面のグランだ。しかし、グランは背を低くしながら駆け、強力な後ろ足を使い左右に大きくぶれながら近付くので、的を絞らせない。

魔蟲将《インセクトジェネラル》から放たれた黒紫槍は全て空を切り、着弾した地面をブスブスと腐食させていく。

「キュアン・キュ・キュルゥ（グラン・ド・クロス）!!」

グランの聖属性を伴うバク転蹴りからの回し蹴りで十字を刻む。魔蟲将《インセクトジェネラル》は聖属性が弱点のようで、想定以上のダメージを与えたのか顔が苦痛に歪む。

「3連瞬斬《トリニティスライサー》!!」

右方向から回り込んだ僕が、得意技である3連撃を放つ。グランの一撃を受け体勢を崩していた魔蟲将《インセクトジェネラル》の左脇腹を切り裂き、脇腹から生えた3本の槍状の足を切り飛ばす。

「うぉぉぉぉぉぉ！　喰らえ!!　斧刃乱舞《ふじんらんぶ》!!」

やや遅れて配置についたオスローも得意の斧槍《ハルバード》を使った連撃技を用いて、右脇腹の槍状の足を切り飛ばす。オスローの武器も青藍極鉱《アダマンタイト》製で、更に魔力撃を使えば魔蟲将《インセクトジェネラル》も無視できない威力だ。

「キ、貴様ラァァァァァァッ!!　平民ト獣ゴトキ貴様ラニ！　高貴デ偉大ナ貴族デアル由緒正シキ、コノ俺ガァァァァッツッ！！！」

脇腹の槍状の足を全て切り飛ばされ、胸に十字の傷を負った魔蟲将《インセクトジェネラル》が吼える。

「アル……こいつと知り合いか？」

「多分だけど、ギ……」

耳障りな声で絶叫する魔蟲将《インセクトジェネラル》の言葉に、オスローが反応する。僕が先ほど戦いながら脳裏に浮かんだ名前を答えようとすると、グランが遮った。

「キュイ、キューキュ、キュイッキュー（主《マスター》、この者、ギリアムである）」

「やっぱりギリアムだったのか……」

「えぇ？　ギリアムなのか？」

「キュキューキュィキューキュキュォ、キュイッキューキュキュ（コイツの匂いと歩き方が似ているのである）」

グランが断言する。確かに動物は匂いや、人の足音に敏感だと言うけど……ここまで姿が変わっていても断言できるのが凄い。

「マサカ、貴様ラ、今マデ気付イテナカッタノカ？」

「さっき気が付いたんだけど、何の関係もないって言われたから……」

「オレは全く分からなかったぞ」

衝撃を受けてポカーンとした様子の魔蟲将《インセクトジェネラル》。

「魔力の波長がギリアムと一緒なのだ。アルは気付かなかったのか？」

「魔力の波長を捉えるなんていう発想が、そもそもないから気付きにくいよ」

少し回復したらしい翠が僕に聞いてくるけど、息をするように魔力を扱える竜族と一緒にしないでもらいたい。

「コンナニ……コンナニナルマデ……ッタノニ……貴様ラハ、貴様ラハ、貴様ラハアアアアアアッツッツッ！！！」

魔蟲将《インセクトジェネラル》＝ギリアムはブツブツと言葉を発していたが、その内絶叫へと変わる。

「許サン、許サン、許サンゾ!!　貴様ラ全テ纏メテ一緒ニ灰ニシテヤル!!」

そしてギリアムは体躯中に残る魔力を圧縮し始める。

『少年！　まずいです!!　恐らく魔力を圧縮暴走させて自爆し、ここら辺一帯を吹き飛ばすつもりです!!　しかも属性は腐食属性、死の大地になってしまいます！！！』

「と、止められないの？」

『あの再生能力です……急所を射貫くか、消滅させるしかありません』

「そっか……あれ……？　ギリアムが魔蟲将《インセクトジェネラル》……魔黒石に犯された獣は目が赤くなり、体表が黒くなる……魔蟲将《インセクトジェネラル》は目が赤く、体表は外殻で真っ黒……そうだ！　魔黒石だ!!　魔蟲将《インセクトジェネラル》のコアも魔黒石のはず!!」

魔力を暴走させようとしているギリアムを見て、どうしようか考えている僕の脳裏に、突然閃きが走る。

「〈エグゼキュート《実行する》　ディティールサーチ《詳細検索》　ラインオブサイト《視線》　魔黒石!!〉」

僕は視界に映る中から魔黒石だけを探し出す〈詳細検索《ディティールサーチ》〉を展開する。

するとギリアムの腹の部分が強烈な光を発する。

「腹だ！　魔黒石は腹の中だ!!　みんな頼む!!」

僕の叫び声でみんなが動く。

「キュインキュキュキュッキュッ（双弧月脚《そうこげつきゃく》）!!」

ギリアムの懐に飛び込んだグランが、両足を使ったバク転蹴りを放つ。両足から生まれた真空の双刃が魔蟲将《インセクトジェネラル》の両腕を弾き飛ばす。

「ふぅぅぅぅぅっっっ!!　疾風!!　嵐竜拳なのだ！！！」

目の前に風のゲートを作り、そこに向かって高速の踏み込みを行って飛び込んだ翠が、音速の壁を突き破り、空気を纏わせた正拳突きをギリアムの腹に炸裂させる。

まるで爆発のような衝撃が発生し、ギリアムの硬すぎる外殻ですら粉微塵《こなみじん》に破砕する。

高密度の魔力を纏っているギリアムは、翠の強力な一撃を受けても、杭《くい》で体躯を固定しているかの如く、吹き飛びもせずに魔力の充填《チャージ》を続けている。

「うぉぉぉぉぉぉっっっ!!　斧刃旋斬《せんざん》！！！」

オスローが後ろに大きく振りかぶった斧槍《ハルバード》を振り抜き、その勢いで独楽《こま》のように回転する。その斬撃は、外殻が爆ぜた腹を何度も切り裂き、腹にできた穴を広げていく。

「ここだぁぁぁぁぁっっ!!」

みんなの攻撃で露わになった腹に僕は正拳を叩き込む。そして腹の奥にある魔黒石を掴む!!

「だぁぁぁぁっっ！！！」

魔黒石は身体の中に根を張るように放射状に器官を伸ばしていたが、それをブチブチと引き千切りながら、腕を引き抜く。

コアである魔黒石を引き抜かれたギリアムは紐が切れた操り人形のように、力を失い膝から崩れ落ちる。

「や、やった……」

僕は引き抜いた魔黒石を見ながら呟く。

『はい。魔力の暴走も止まったようです。また魔黒石が少年を侵食する様子も見えませんね』

『よくやったな、坊主！』

『うむうむ。頑張ったのぅ』

「やったぁぁぁぁぁぁっっっ!!」

魂魄たちのお墨付きが出たところで、僕は腕を天に突き上げ、勝利の雄叫びを上げる。

「ギ、ギリアムは……？」

我に返ると、地面に崩れ落ちたギリアムに気を向ける。

「コイツは……もう無理だ」

そのギリアムを警戒するように窺っていたオスローが、首を左右に振る。

もはや蟲と化していた黒かった体躯の部分はくすんだ灰色になり、ボロボロと崩れ始めていた。かろうじて人間の身体を保っていた胸と首と顔の一部分は、十代とは思えないハリのない肌で、全く生気が感じられない。

かろうじて3分の1ほどが残った顔で、空をぼうっと見上げている。

「貴様らは平民なのに……その強さと賢さが……妬《ねた》ましかった……ツァーリ様に認められていた貴様らが……羨ましかった。俺は……ヨルムガリア家を継ぎ……そして……」

ギリアムはただ淡々と言葉を紡ぎ……そして静寂が辺りを支配した。

「こう……するしかなかったのかな」

「他に手はなかったと思うぜ。大氾濫《スタンピード》も起こして、町にも学園にも多大な被害を出しちまっていたからな。どうにもならないところまで行ってたからよ」

「手加減して、どうこうできる相手じゃなかったのだ」

僕が肩を落としながら呟くと、オスローと翠が優しい言葉を投げかけてくれる。

「それでは困るのだよ!!」

僕の掌の中から、突然大きな声が発せられる。僕は吃驚《びっくり》して手を開いてしまう。

「筋書き通りに滅んでもらわないと困るのだよ」

活動を完全に停止していたはずの魔黒石が宙に浮き、怪しく黒紫色に光る。そして周辺の魔力を吸い上げながら高度を上げていく。眼鏡さんが危惧《きぐ》していた腐食属性の膨大な魔力が収束しながら増え続ける。

『少年！　撃ち落としなさい!!　アレを放たせてはなりません!!』

「〈豪炎《Flame》よ！　彼の敵《Target》を　貫く《Penetrate》　槍《Spear》となれ！　豪炎槍《フレイムスピア》!!〉」

僕の中級火炎魔法が発動し、寸分違わず魔黒石に命中し、轟音《ごうおん》を上げて爆発する。

「む、無傷じゃねぇか」

「むぅ……風の竜吼《ウィンドドラゴンブレス》」

無傷の魔黒石を見上げているオスロー。無傷なのを見た翠が、竜形態時の竜吼《ドラゴンブレス》と同じ仕組みを魔法で再現させた技を放つ。それは魔黒石の周辺に圧縮酸素と水素を送り込み着火させ、大爆発を起こす。

だが、魔黒石は不可視の盾を展開しているのか、傷1つ付かない。そうしている間にも魔力の充填《チャージ》は行われ続ける。

『魔力を急激に集めて腐食属性に圧縮する術式の中に、溢れた魔力を使って空間を歪ませ、衝撃を遮断する魔法が組み込まれているようですね。これを破るには空間ごと切り裂く方法が良いですね』

『空間を切り裂く……龍鬼断閃《りゅうきだんせん》か！』

『じゃが生半可な威力じゃと、空間を歪まされて無効化されるじゃろうて』

『では全力全開でお願いします』

『あぁ？　あんなもん全力全開で撃ったらどうなるか分かったもんじゃねぇぞ？』

『ここいら一帯が死の大地になるよりマシでしょう』

『マジかよ……』

どうやら全力全開で龍鬼断閃《りゅうきだんせん》を放てば何とかなるらしい。町やこの周辺を守れるんだったら、やってみるしかないと思う。

「じゃあ、龍鬼断閃《りゅうきだんせん》を使うから、みんな翠に乗って離れててくれる？　何が起きるか分からないから気を付けてね」

僕は腹を決めると、翠、オスロー、グランに声を掛ける。

そして僕は鬼闘法を使って気を練り上げつつ、魔力を循環させ練り上げていく。手に持つのは青藍極鉱《アダマンタイト》製の小剣《ショートソード》。精霊銀鉱《エレメンティウム》より伝導率は下がるが、魔力を注げる容量は比較にならないほど多い。

「アルも気を付けるのだ！」

「アル、ちゃんと戻ってこいよ！」

「キュイキュッキュー（主《マスター》、ご武運を）」

竜化した翠の背に乗った1人と1匹が飛び立っていく。

みんなが離れる時間も必要だけど、魔黒石が暴発するまでの時間はもう僅かしか残されていない。

僕はギリギリまで力を溜めるためタイミングを見計らう。

「ふははははは。終わりだ。全て終わりだ！！！」

魔黒石から高らかな笑い声が響き、黒紫色の収束魔力が強烈な光を発する。その強烈な光が世界を反転させる。

「今だっ!!　いっけぇぇぇぇぇぇぇっっ!!　龍鬼断閃《りゅうきだんせん》！！！」

反転した世界を切り裂くように、僕は龍鬼断閃《りゅうきだんせん》を放つ。

ズッッ……

何かがずれる奇妙な音がして、僕の剣閃に沿って世界が断層のようにずれる。剣閃は見事に魔黒石を捉えており、歪めた空間ごと剣閃が切り裂いている。

時が止まったかのような反転世界上に斜めに走った剣閃。その剣閃に沿って世界が、左下と右上にずれる。

そして世界がずれたまま、反転世界から色彩豊かな世界に戻る。だが色彩豊かな元の世界が、断層のようにずれた反転世界を否定する。

そこに発生する現実と静止世界のギャップ、それを埋めるために空間が無理矢理元に戻ろうとする。

ギュガガガガガガガガガガッッッッ！！！！

世界の叫びのような異音が鳴り響くと、ずれた反転世界に向かって元の世界が流れ込む。そこに無の空間への門《ゲート》が形成され、全てのものを呑み込んでいく暴虐の塊《かたまり》となる。

『ま、まずいです！　世界が軋みを上げている!!　ずれた世界を無理矢理戻そうと虚無を発生させてズレをなかったことにしようとしてます』

『ど、どうなるんだよ!!』

『ここら辺一体が虚無に呑み込まれて消え去ります……』

『せ、せめて坊主を守れ!!』

『あぁ、龍鬼断閃《りゅうきだんせん》の余波で、少年の周り一帯は空間から遮断されているから大丈夫でしょう』

ギュゴゴゴゴゴゴゴゴゴッッッッ！！！！

魔黒石の代わりに生まれた虚無の渦《うず》は、消滅するまでに森の半分ほどを吸い込んで、すり鉢状のクレーターを形成するのであった。

「あぁ……またやっちゃったよ……」

クレーターの中心部に1本だけ塔のような高台が残っていた。そこは僕の足下で、唯一虚無の渦の影響を受けなかった場所だ。僕はその高台の上で1人ポツンと佇《たたず》みながら、大きな溜息をつき頭を抱えるのだった。

第10話　エピローグ

「し、死ぬかと思ったのだ……」

虚無の渦を一目見てヤバいと思った翠は、全速力で町の方へと飛翔し、何とか虚無の牙から逃げおおせることができていた。

「こりゃ……また……」

「と、とんでもないことになっているのだ」

さっきまで戦っていた森を振り返った翠とオスローが絶句する。

「これをアルがやったのか？　やっぱりアイツとんでもねぇな……森の半分以上が椀型に抉《えぐ》れてやがる」

「翠でもこんなにするのは無理なのだ」

「キュイッキュキュッ、キュア（流石は主《マスター》なのである）！」

惨状を確認した翠とオスローは呆然とし、グランは自信満々に胸を張る。

「ま、まぁ迎えに行ってやるとするか」

「わ、分かったのだ」

そう言って翠は、椀型に抉れたクレーターの中心にいるであろうアルカードを迎えに行くのだった。

†

森を呑み込んだ虚無の渦はアインツでも確認されており、カイゼルやウォルト、エストリアなどが事の顛末を把握しようとアルカードに呼びかけていた。

だが強力な魔力波が吹き荒れていて、遠話のイヤーカフでは連絡が付かない。

そんな中、虚無の渦から町の方へと逃げてきていた翠やオスローと繋がったので、お互いの状況を共有する。

大氾濫《スタンピード》が収まったこと、魔黒石を取り込んだ2体の強敵を倒したこと。

魔蟲将《インセクトジェネラル》が現れ、アルカードとオスロー、グランと翠の力を合わせて戦い、勝利したこと。

だが最後に、周辺を死の森にすべく魔黒石が暴走し、それをアルカードが防ごうとしたこと。

そして虚無の渦が現れ、全てを呑み込んで消えたので、きっとアルカードが魔黒石の暴走を防いだであろうこと。

カイゼルはそれらの事実により、今回の騒動が決着したと判断し、事態の終息を宣言する。それにより、緊急事態宣言は解除され、学園を中心に町中で安堵の声が漏れるのだった。


南門の外や町中に、死に絶えた獣の死骸が転がっているのを見たカイゼルと、同じように外を眺めているウォルトが溜息をつく。

「しっかし、この獣の死体の山、どうするかね……」

「あの獣たち、とりあえず冒険者ギルドで捌いていいか？」

終息宣言がされてから、すぐに冒険者ギルドのサブマスターであるキールと、その相棒のフィアットがカイゼルの元に訪れ、獣の処理について相談を持ちかける。

「かなりの量の素材になるだろう。だが悪いが、それで得た資金は優先的に、町の復旧や遺族への補償にあてたいと考えている。それでも良ければ」

「もちろんこっちもそのつもりだ。とはいえ膨大な量になっているから、全てを捌けば、大量の利益が出るはずだ」

「なら頼みたい」

「おうよ。ただなぁ、皮や牙、爪や骨はかなり有効活用できるんだが、肉の処理が大変そうだぜ？」

何とか大氾濫《スタンピード》の被害は最小限に抑えることができたが、膨大な事後処理にカイゼルは頭を悩ませるのだった。

†

「学園の後夜祭は無理ね。まずは事後処理を優先よ」

「まずは町中で死んでいる獣たちの処理ですね。早く処理しないと腐り始めてしまい、衛生が悪化します」

終息宣言を聞いたエレン学園長が避難してきた町の人たちへの説明や、町の中の清浄化を急がせると、ナターシャ生徒会長が瞬時に対応を提言する。

「焼いて処理するにも、まずは1か所に集めないとならないですね」

「学園祭の後片付けもしながら、そっちも進めてもらいたいわね」

「では、学園の片付けは、時間が掛かってしまっても良いので最低限の人数で、まずは真っ先に町の清浄化でよろしいでしょうか？」

「そうね、お願いできるかしら」

エレン学園長とナターシャ生徒会長が相談しながら、次の行動を決定する。

そしてナターシャ生徒会長から各学年とクラスに、後夜祭の中止と後片付けの連絡が行き届く。

統合学科1年生は学園にいなかったのだけれど、ナターシャ生徒会長の遠話のイヤーカフにより、内容は周知された。

それを聞いたエストリアは、キーナとイーリスに指示を出して2人を学園に向かわせた。

後夜祭が中止のため抽選会が行えないので、自分たちで予め当選者を選出しておき、紙に書いて貼り出して、確認しに来たお客さんに景品を渡す仕組みに変更したのだった。

†

「疲れたのだー、あとお腹ペコペコなのだー」

竜形態で僕を拾い上げ、再度アインツの城壁の上へ戻った翠が、化身の術で人形態になると、大の字になって床に転がる。

「滅茶苦茶ハードだったぜ……」

「何とか、なったね……」

オスローも同じように疲れ果てて転がっている。僕は転がりはしないものの床の上に座り込む。

「おうっ！　アル、頑張ったみたいだな！」

「無事で良かったわ」

「ガハハハハハ！　流石は特待生クラスのメンバーだ‼」

「ご苦労様でした」

僕らが帰ってくるのを見計らっていたのか、父さんと母さん、それにゴルドー先生とシグルスおじさんが手を振りながら城壁の上にやってくる。

その声を聞いた僕は、すぐに立ち上がると、無事な姿を父さんたちに見せる。

「翠も頑張ったようだな」

「翠の活躍も見てましたよ」

続いて、賢王《ヴァイゼル》様、竜妃《ケーニギン》様もやってくる。

「父様《ととさま》！　母様《かかさま》!!」

翠も飛び跳ねるように立ち上がると、両親に向かってダイブする。

「アルカード君。この未曾有《みぞう》の危機を、よく収めてくれた。アインツを作り上げた一員としてお礼を言わせてもらいたい」

凄い勢いでダイブしてくる翠を、暖かい目をしながら難なく受け止めた賢王《ヴァイゼル》様が、僕へ視線を向ける。

「い、いや。ただ夢中でやっただけで……みんなの力がなければ、僕は……」

「その力を借りられるのも、助けてくれるのもひっくるめて自分の力だぜ。だからこそ仲間とは信頼関係で結ばれてなきゃダメなんだ。アルも学園を通して素晴らしい仲間と出会い、成長したみたいで良かったぜ」

僕が俯きながら答えると、父さんが翠とオスロー、グランと、その無事を確認しながら僕を諭す。

「う、うん。本当に素晴らしいクラスメイトだよ！」

そこだけは掛け値なしに自信を持って言える。

グゥウウウウウウ～～～。

「お腹ペコペコなのだ……」

そんな会話をぶった切るように、涙目になった翠の腹の音が響く。

「じゃあとりあえず、ご飯にしようか……ってこのゴタゴタじゃ、店なんかやってないよね」

「んー。なら、あそこらへんで転がっているやつの肉でも焼いて食うか？」

僕が町の方に目を向け、慌ただしく動いている人たちを見ながら答えると、いつの間にか立ち上がっていたオスローが、城壁下に転がっている岩石猪《ロックボア》を指さす。

「あれは蜂の針で操られていた獣だよね？　食べて大丈夫なの？」

「大丈夫ですよ。既に蜂の針を調べて、毒や寄生蟲の類いは存在していないことを確認済みです。あの針は延髄から脳に向けて刺し、脳に直接指令を与えていた受信機のようなものでしたよ」

僕の心配は不要とシグルスおじさんが断言する。

「じゃあ、ちょいと準備するかね。アル、小剣《ショートソード》貸してくれ」

僕がオスローに青藍極鉱《アダマンタイト》製の小剣《ショートソード》を渡すと、疲れたと言っていたのはどこへやら、元気に下へと続く階段を降りていく。当然最初は自分だと言わんばかりに、翠もすぐ後ろについて行っている。

とりあえず、破られた門の残骸を燃やす許可をもらったオスローが、手早く焚《た》き火を組み上げ、魔法で着火する。

火が大きくなるまでの間に、ささっと岩石猪《ロックボア》を小剣《ショートソード》で捌いていく。魔蟲将《インセクトジェネラル》の外殻にも通用した青藍極鉱《アダマンタイト》製の小剣《ショートソード》は、岩石猪《ロックボア》の外皮など容易く切り裂いていく。

死んでからそんなに時間が経っていないから、血抜きをしてなくても食べられるはずだと、大きめに切った肉を斧槍《ハルバード》の槍部分に差し込んで、焚き火にくべる。

ジュワーという肉が焼ける音と、食欲をそそる香りが立ち上る。

「お、アル。串ねぇか？　後、もう少しマシな調理器具が欲しいんだが」

「うーん。今はこれで。後は場所を変えてやった方がいいと思うよ」

僕は懐に手を突っ込みつつ、〈物質転受《アポート》〉で倉庫にある串を引き寄せて、オスローに渡す。

ダラダラ涎を垂らしながら、肉から一瞬も目を離さない翠に、お預けをしつつ肉を焼き上げる。

「まだなのか？　もういいのか？」

何度目になるか分からない翠の質問に、ようやくオスローがＯＫを出すと、翠は辛抱堪らんと串に刺し直す前に斧槍《ハルバード》を乱暴に掴み寄せ、先端に刺さった肉に齧り付く。

「うまいのだーーーーーーっっっ！」

肉汁を口の周りいっぱいに滴らせながら歓喜の叫びを上げる翠。そして凄まじい勢いで肉を平らげていく。

「そ、それ食えるのか？　大氾濫《スタンピード》で暴れていた獣だろ？」

「見ての通り、大丈夫だぜ？」

僕たちの様子を見ていた衛兵さんに、オスローも自分自身で肉に齧り付きながら答えつつ、串を差し出す。

「お、おう。ありがとう……ん!?　うめぇっ!!」

恐る恐る口元に運んだ衛兵さんが、意を決して齧り付くと、その溢れる肉汁と深みのある滋味に驚きの声を上げる。

その衛兵さんを切っ掛けに、僕たちを遠巻きに見ていた人たちが詰め寄ってきて、肉串の争奪戦を始めていく。

「そうか、君たちのおかげで1つの問題は解消しそうだ。冒険者ギルドの協力のもと、肉を捌き、料理人に調理してもらおう。すぐにチームを作って各地で炊き出しを開始させる」

僕たちの報告を受けたカイゼルがすぐに遠話のイヤーカフを使い、様々な人たちに通知をし、炊き出しチームを組織する。そして町中で炊き出しが行われ、まるで収穫祭のように町全体に輪が拡がるのであった。

ちなみに、このお祭り騒ぎの間に、景品全てが当選者に行き届いたのは幸いだった。その当選者の半数以上がカイゼルのお姉さんグループだったと付け足しておく。一体いくらつぎ込んだのだろう……？

「で、このウォルト人形《フィギュア》はロイエンガルド家の家宝に決定よね？」

とは、1等で景品を受け取ったサフィーア様の言葉である。

†

魔蟲将《インセクトジェネラル》＝ギリアムが巻き起こした大氾濫《スタンピード》を解決した僕たち統合学科1年生は、貴族からも平民からも一目置かれる存在となった。

未だ敵対視してくる貴族もいるけれど、ロイエンガルド家のカイゼル、シュツルムガルド家のウォルト、ヒルデガルド家のリアと五州家の内、3家の直系が相手では、楯突くこともできずに大人しくしている。

僕たちのクラスが特別扱いされていることに関しても、大氾濫《スタンピード》防衛の実績から、文句を言う人もいなくなり、僕たちは自分たちの実力を伸ばす訓練に明け暮れている。

魔黒石の問題は、どこから持ってきたのか、誰がばら撒いてるのかなどと、分からないことも多く、まだ根が深そうだ。

ギリアムが付き従っていた3年生のツァーリをはじめ、怪しい動きを見せていたヨルムガルド州の者たちの姿がほとんど見られないのが気になっている。でもとりあえずギリアムから端を発した異変は、もう起こらないだろう。


この仲間たちと、同じ時を過ごすことは、今後の人生にとって、もっとも大きな宝物になると確信している。

色々やらかしてしまって心配ばかり掛けている僕だけど、学園で色々学び、いっぱい鍛えて、父さんのような立派な冒険者を目指す目標に変わりはない。

これからも、このメンバーと一緒に頑張っていこうと思う!!

あ、ちなみに僕が森に開けた大穴だけど、あの後に地下水が噴出し、周りの川からの流入もあり、巨大な湖となった。湖はアインツ湖と呼ばれ、町の名物の1つとなり、今後は気軽に水遊びができる場所《スポット》として、人気を博していくことだろう。

†

『さて、このアルカード少年の物語は一旦ここで終わる。まさに波瀾万丈《はらんばんじょう》な1年間を少しは楽しんでもらえたと思う。だがこの先にもまだまだ沢山の冒険が待っているはずだ。また機会があって出会うことができたら、またアルカード少年のやらかしを楽しんでもらいたい』

『最後の最後でやらかしたなぁ……今回も』

『もう、そういう星の運命なのじゃろう……』

魂魄のみんなが呆れ顔になっているのを見て、僕は大声で叫ぶ。

「もうっ！　僕は〝天災なんてやらかしたくないんだから〟ね！！！」

異世界ゆるり紀行
～子育てしながら冒険者します～

1～15
水無月静琉
Minazuki Shizuru
シリーズ累計110万部（電子含む）突破!!

2024年待望のTVアニメ化!

1～15巻好評発売中!

コミックス1～8巻好評発売中!

子連れ冒険者ののんびりファンタジー!

神様のミスで命を落とし、転生した茅野巧。様々なスキルを授かり異世界に送られると、そこは魔物が蠢く森の中だった。タクミはその森で双子と思しき幼い男女の子供を発見し、アレン、エレナと名づけて保護する。アレンとエレナの成長を見守りながらの、のんびり冒険者生活がスタートする!

転生したら、双子を保護しました。

子連れ冒険者の異世界のんびりファンタジー!

特別賞受賞作!

転生したら、幼い双子を保護しました。

◉各定価：1320円（10%税込）◉Illustration：やまかわ　◉漫画：みずなともみ　B6判 ◉各定価：748円（10%税込）

月が導く異世界道中
Tsukiga Michibiku Isekai Dochu
あずみ圭
Azumi Kei
1~19
8.5
シリーズ累計360万部の超人気作!(電子含む)
TVアニメ第2期
2024年1月8日から 2クール 放送開始
TOKYO MX・MBS・BS日テレほか
月が導く異世界道中
あずみ圭
薄幸系男子の成り上がりファンタジー、開幕!
なんでだろう 親の都合で異世界へ
読者賞受賞作!
待望の書籍化!
異世界へと召喚された平凡な高校生、深澄真。彼は女神に「顔が不細工」と罵られ、問答無用で最果ての荒野に飛ばされてしまう。人の温もりを求めて彷徨う真だが、仲間になった美女達は、元竜と元蜘蛛!? とことん不運、されどチートな真の異世界珍道中が始まった!
月が導く異世界道中
1
あずみ圭
木野コトラ
とことん不運、されどチート!!
シリーズ累計29万部
2期までに
原作シリーズもチェック!
●各定価:1320円(10%税込)
●illustration:マツモトミツアキ
1~19巻好評発売中!!
漫画:木野コトラ
●各定価:748円(10%税込) ●B6判
コミックス1~13巻好評発売中!

迷宮《ダンジョン》によって栄える都市で暮らす少年・ロイ。ある日、『ハズレ』扱いされている迷宮に入った彼は、不思議な塔の中に迷いこむ。そこには、大量のレア素材とそれを食べるスライムがいて、その光景を見たロイは、自身の失われた記憶を思い出す……なんと彼の前世は【製薬】スライムだったのだ！　ロイは、覚醒したスキルと古代文明の技術で、自由に気ままな製薬ライフを送ることを決意する――『ハズレ』から始まる、まったり薬師ライフ、開幕！

◉定価：1320円（10％税込）　◉ISBN 978-4-434-31922-8　◉illustration：ガラスノ

捨てられ雑用テイマーですが、
森羅万象を統べてもいいですか？
SHINRA BANSHO WO SUBETEMO IIDESUKA?
覚醒したので最《さい》強《つよ》ペットと
今度こそ楽しく過ごしたい！
TORYUUNOTSUKI
登龍乃月
ダンジョンに雑用係として入ったら
【森羅万象の王】になって帰還しました…？
最《さい》強《つよ》でクセ強な
相棒《ペット》を連れて再出発!!

没落した貴族家に拾われたので
恩返しで
復興させます
1・2
六山葵
Aoi Rokuyama
魔法の才で偉くなって
没落した実家を
立て直そう!
悪魔にも愛されちゃう
少年の王道魔法ファンタジー!
あくどい貴族に騙され没落した家に拾われた、元捨て子の少年レオン。彼の特技は誰よりもずば抜けた魔法だ。たまに夢に見る不思議な赤い本が力を与えているらしい。才能を活かして魔法使いとなり実家を立て直すため、レオンは魔法学院に入学。素材集めの実習や友人の使い魔(猫)捜し、寮対抗の魔法祭……実力を発揮して、学院生活を楽しく充実させていく。そんな中、何かと絡んできていた王国の第二王子がきっかけで、レオンの出自と彼が見る夢、そして魔法界の伝説にまつわる大事件が発生して——!?
●各定価:1320円(10%税込) ●illustration:福きつね
没落した貴族家に拾われたので
恩返しで
復興させます 2
六山葵
極寒の辺境で
前世の秘密を
解き明かそう!
コミカライズ企画進行中!

この作品に対する皆様のご意見・ご感想をお待ちしております。

おハガキ・お手紙は以下の宛先にお送りください。

【宛先】

〒150-6019 東京都渋谷区恵比寿4-20-3 恵比寿ｶﾞｰﾃﾞﾝﾌﾟﾚｲｽﾀﾜｰ 19F
（株）アルファポリス　書籍感想係

メールフォームでのご意見・ご感想は右のＱＲコードから、
あるいは以下のワードで検索をかけてください。

アルファポリス　書籍の感想　検索

ご感想はこちらから

本書はWebサイト「アルファポリス」(https://www.alphapolis.co.jp/)に投稿されたものを、改題、改稿、加筆のうえ、書籍化したものです。

天災《てんさい》少年《しょうねん》はやらかしたくありません！３

もるもる

2024年　1月　30日初版発行

編集－矢澤達也・芦田尚
編集長－太田鉄平
発行者－梶本雄介
発行所－株式会社アルファポリス
〒150-6019 東京都渋谷区恵比寿4-20-3 恵比寿ｶﾞｰﾃﾞﾝﾌﾟﾚｲｽﾀﾜｰ19F
TEL 03-6277-1601（営業）　03-6277-1602（編集）
URL https://www.alphapolis.co.jp/
発売元－株式会社星雲社（共同出版社・流通責任出版社）
〒112-0005 東京都文京区水道1-3-30
TEL 03-3868-3275
装丁・本文イラスト－ふらすこ
装丁デザイン－AFTERGLOW
印刷－図書印刷株式会社

価格はカバーに表示されてあります。

落丁乱丁の場合はアルファポリスまでご連絡ください。

送料は小社負担でお取り替えします。


ISBN978-4-434-33113-8 C0093